KB129534

어른이 된다는
서글픈 일

어른이 된다는
서글픈 일

김보통 쓰고 그림

한겨레출판

잊혀지는 것들에 대한 인사

저는 군 시절 탈영병을 찾으러 다니는 사복 헌병이었습니다. 머리를 짧게 깎고 총을 든 채 산을 오르는 대신, 가르마를 타고 수갑을 허리춤에 찬 채 다양한 도시를 돌아다녔습니다. 군용 트럭에 타본 횟수는 손에 꼽을 정도지만, 고속버스는 셀 수도 없을 만큼 많이 탔습니다. 특히 부대가 있던 강원도에서 동서울 고속버스 터미널을 오가는 노선은 거의 통근 버스였지요.

　평일 낮에 출발하는 버스엔 손님이 없어 저와 부사수, 그리고 버스 기사뿐인 경우가 많았습니다. 한번은 국방부 중앙수사단에 급히 전달해야 할 문서가 있어 부사수 없이 저 혼자 서울에 가게 되었습니다. 그날도 손님은 저 혼자였습니다. 언제나처럼 맨 뒷자리에 앉아 의자를 뒤로 젖히고 눈을 감았는데, 기사님이 저를 불렀습니다.

"가는 길도 심심한데 앞으로 오는 게 어때?"

속 편하게 드러누워 자고 싶었지만, 둘밖에 없는 상황이라 거절하기 힘들어 맨 앞쪽 출입구 옆 좌석에 앉았습니다. 가까이서 보니 기사님의 나이는 쉰이 좀 넘은 듯해, 아버지가 떠올랐습니다.

"맨날 어디를 그렇게 다니는 거야?"

늘상 표만 내고 지나쳤는지라 몰랐는데, 기사님은 저를 기억하고 있었습니다.

"네. 제가 탈영병을 찾으러 다니는 헌병이라서요."

구불구불한 강원도 산길을 벗어나 서울을 향하는 내내 저는 기사님에게 탈영병을 쫓으며 겪은 일들을 이야기했습니다. 기사님은 때로 혀를 차고, 소리 내어 웃기도 하며 제 이야기를 들었습니다. 체포한 탈영병이 다시 부모님을 만나 눈물을 뚝뚝 흘리는 장면에선 "애가 무슨 죄야. 나라가 잘못한 거지…" 하며 탄식하기도 했습니다.

어느덧 버스가 터미널에 도착해 인사하고 내리려는데 기사님이 물었습니다.

"그래서 돌아갈 땐 몇 시 버스 탈 거야?"

배차시간이 맞으면 같이 갈 테니, 그때 또 다른 이야기를 해달라는 것이었습니다. 문서만 전달하고 바로 부대에 복귀할 테니 저녁이 되기 전에 올 것 같았습니다. 기사님은 배차표를 보시더니 저녁 다섯 시 버스를 타라고 했고 저는 알겠노라 답했습니다.

일을 마치고 다시 터미널에 도착하니 마침 시각이 맞았습니다. 표를 끊고 버스에 오르니 "일 잘 봤어?" 하며 기사님이 저를 맞아주었습니다. 저녁이고, 서울 출발이라 버스엔 승객이 제법 있었지만 저는 같은 자리에 앉았습니다. 강원도로 돌아가는 내내 기사님에게 못 다한 이야기를 해드린 것은 당연합니다.

"저녁 먹고 가야지?"

강원도에 도착해 사람들이 내리는 와중에 기사님이 말했습니다. 왕복 여섯 시간을 떠들었기 때문에 좀 피곤했습니다. 어서 부대에 들어가 자고만 싶었지만 거절할 수 없어 알겠노라고 답했습니다.

약간 의구심이 들었습니다. 아무리 얼굴을 자주 봤다고 해도 그뿐인 관계이고, 결국은 타인인데. 어쨌든 배도 고파 잠자코 따라나섰습니다.

기사님과 함께 들어선 식당은 고속버스 기사님들이 주로

이용하는 곳이었는지, 여기저기서 아는 척 말을 걸었습니다.

"그런데 그 총각은 누구야?"라고 한 기사님이 물었습니다.

"우리 조카야. 여기 살어."

기사님은 천연덕스럽게 대답했습니다. 졸지에 조카가 된 저는 자리에서 일어나 식당 안 모든 손님들에게 몇 번이고 고개를 숙여 인사했습니다.

우리는 불고기 백반을 먹었습니다. 그제야 기사님은 자신의 이야기를 했습니다.

"이렇게 저녁에 도착하면 여기서 밥을 먹고, 회사에서 잡아준 숙소에서 잠을 자고 아침에 서울 가는 버스를 운전해. 매일 이렇게 살고 있어. 그러다보면 참 많이 쓸쓸해. 부평초 같은 인생이라고 하잖아. 부평초가 뭐냐면 개구리밥이거든. 개구리밥 알지? 물 위를 동동 떠다니기만 할 뿐 어디 뿌리를 내리지 못하고 사는. 내가 그래. 그래서 반가워. 진짜 조카가 생긴 것 같아서. 너도 나를 삼촌이라고 생각하고 다음에 또 서울 갈 일 있으면 나한테 전화해. 배차 시간만 맞으면 내가 그냥 태워줄 테니까. 표 끊지 말고 전화해서 '삼촌! 나 서울 가요!'라고 말만 해. 알았지?"

저는 밥을 먹으며 "네. 삼촌." 하고 답했습니다.

기사님은 내내 흐뭇한 표정이었습니다. 밥을 다 먹고, 다시금 식당 안의 모든 기사님들께 몇 번씩 인사를 한 뒤 밖으로 나왔습니다. 기사님은 전화번호를 알려주고 "그럼 삼촌은 자러 갈 테니까, 다음에 또 보자!" 했습니다. 저는 번호를 저장하고 "네. 편히 쉬세요. 삼촌." 하고 인사했습니다.

다시 그 기사님의 버스를 탄 적은 없습니다.

시간이 맞지 않았는지 마주치질 못했고, 그러는 사이 보직이 변경돼 영내 생활을 하게 되었기 때문입니다.

때때로 기사님을 떠올립니다.

여전히 홀로 침묵 속에 운전을 하고 낯선 도시에서 식사를 한 뒤 임시 숙소에서 잠을 잘까요. 이미 많은 시간이 흘러 아마 더 이상 운전을 하고 있지 않을 수도 있습니다.

저에 대해서는 잊었을 것입니다. 아니, 그러고보니 예전에 한번 강원도를 오가는 길에 우연히 알게 된 녀석이 있었지. 헌병이라고 했던가, 기무사라고 했던가. 연락을 하라고 했는데, 하지는 않았어… 하는 식으로 희미하게나마 기억하고 있을지도 모릅니다.

큰 고민 없이 글을 씁니다.

'지금부터 엄청난 글을 써봐야지'라는 생각을 하지 않고, 소소한 이야기들을 주로 씁니다. 대부분이 지나간 이야기라 잘 기억나지 않습니다.

신기하게도 흐리멍덩한 잔상으로 남아 있던 것들이 쓰기 시작하면 조금씩 선명해집니다. 물론 많이 왜곡되어 있을 겁니다. 퇴색된 것도 있겠고요. 그러나 정확해야 할 필요는 없습니다. 잊혀진 것은 잊혀질 만한 이유가 있을 테니까요.

그래서일까 써놓고 보면 볼품없는 글이 대부분입니다. 특별한 사건도 없고, 뚜렷한 주제나 교훈도 없습니다. 종종 '이런 글을 왜 쓰냐?'는 말을 듣기도 합니다.

잊혀지는 것들에 관심이 많습니다.

보통 그런 것들은 근사한 모습을 하고 있지 않습니다. 도리어 초라하고 남루한 경우가 많아, 굳이 들여다보고 싶어지지 않는 것들입니다. 문득 그 부재함을 깨닫지만, 특별한 감정은 생기지 않습니다. 없어져도 아쉽지 않은, 혹은 없어질 만했던 것들이라는 생각도 듭니다. 그래서 더욱 신경이 쓰입니다.

저 역시 머지않은 미래에 자연스레 잊혀질 것이라는 걸 예감하기 때문일지도 모릅니다. 그렇게 생각하니 저는 잊혀질 준비를 하는 것일지도 모르겠습니다. 마음의 준비 내지는 예행연습 같은 것이겠지요.

　이 책은 시대의 흐름 때문이건, 필연적인 과정의 결과이건 '이쯤에서 퇴장하겠습니다'라는 작별 인사도 전하지 못한 채 사라져야 했던 것들에게 보내는 뒤늦은 인사입니다. 이미 인사를 받아줄 대상은 모두 사라져 홀로 손을 흔드는 꼴이라 조금 서글프지만, 산다는 것은 대체로 그런 법이지요.

차례

대체로
우습고,

때때로
찡한,

대체로 우습고,

행복은
바나나

행복이란 바나나와 같다. 내겐 그렇다.

너무 달지 않고 시지 않으며 껍질은 까기 쉽고 씨도 없다. 부드러워 먹기 편하고 양도 적당하다. 과일의 왕이다. 바나나를 먹으면 자연히 행복해진다. 중학생 때 바나나가 너무 좋아 바나나에 대한 시를 썼을 정도다. 애석하게도 시가 적힌 수첩은 잃어버렸다. 내용은 대충 '세상 모든 과일의 왕은 바나나, 바나나는 신이 인간에게 선물한 축복' 같은 것이었다.

대학생이 된 어느 날 아버지와 이야기하다 말했다. "바나나가 너무 좋아서 무인도에 떨어지더라도 바나나 나무만 있다면 잘 살 수 있을 것 같아."

아버지는 "그래서 넌 바보야."라고 말했다. 아버지는 내가 그 어떤 것을 좋다고 하건 '그래서 너는 바보다'라는 말을 했다. 그림이 좋아 예술고등학교에 진학하고 싶다고 말했을 때도, 글이 좋아 관련 학과로 진학하고 싶다고 말했을 때도 '그렇기 때문에 너는 바보다'라는 말을 들었다. 머릿속에 '아들이 무슨 말을 한다 → 그래서 너는 바보다'로 이어지는 프로

그램이 입력된 것 같았다. 그날도 그랬다.

"세상에 얼마나 많은 과일이 있는데 겨우 바나나가 제일 좋다니. 한심한 녀석. 두리안도 먹어보고, 애플망고도 먹어 보고, 패션후르츠도 먹어보고 한 다음에야 어떤 게 제일 맛 있는가를 결정해야지 먹어본 것도 별로 없으면서 그런 흔한 과일을 최고라고 하는 건 어리석은 거야."

나는 "지금까지 먹어본 것 중엔 그래도 바나나가 제일인 데."라고 말했지만, "그럼 너는 그냥 평생 바나나만 먹고 살게 되겠지."라는 핀잔을 들었을 뿐이다.

그래서, 기회가 될 때마다 새로운 과일을 먹어보기 시작 했다. 쉽지는 않았다. 지금이야 마트에 가면 쉽게 이국의 다 양한 과일을 접할 수 있지만, 당시만 해도 사과 귤 딸기 바나 나 파인애플뿐인 세상이었으니까. 아무리 생각해도 그중에 선 명백히 바나나가 최고였지만, 그래도 다른 과일을 먹기 위 해 노력했다.

샐러드바에 가면 과일 코너에 있는 모든 과일을 맛보았다. 과외를 가서 학생 어머니가 간식으로 과일을 주길 은근히 바 라기도 했다. 그렇게 번 돈으로 과일가게에서 새로운 과일을 발견하면 사 먹었다.

그래봤자 거기서 거기였다. 국내에 들어오는 과일에는 한계가 있었다. 더 큰 세상으로 나가야 했다.

　그래서는 아니지만, 제대 후 유럽에 가게 되었다. 부모님께는 열흘 정도만 다녀온다고 말했는데, 그럴 마음은 애초부터 없어서 귀국하는 항공기를 서너 달 뒤로 잡아놓은 상태였다. 그 사실을 원래 귀국하기로 한 날 아버지에게 통보했다. 어느 게스트 하우스에서 메신저를 통해 알린 것이다. 아버지는 '이 바보새끼야!!!'라고 메시지를 보냈다. 무섭지 않았다. 단순한 문자 한 줄이었을 뿐이니까. 잡으러 오지 못한다는 걸 알고 있었다. 실제로 귀국한 것은 반년이 지난 뒤였다.

　이후 이탈리아에서 터키까지 전 유럽을 떠돌며 한국에서는 먹을 수 없던 다양한 과일을 먹었다. 돈은 다른 관광객들이 먹고 버린 와인병을 모아 고물상에 팔거나, 지리에 익숙하지 않은 한국 관광객들의 술심부름을 하고 잔돈을 받거나, 설거지와 호객 행위 등을 하면서 벌었다. 그렇게 몇 달, 길고 긴 과일 순례를 마치고 한국으로 돌아왔다.

　그제야 '어떤 과일이 최고다'라고 당당히 말할 수 있었다. 유럽에 있는 대부분의 과일을 한번씩 다 먹어보았으니까. 적어도 아버지가 평생 먹어온 과일보다 훨씬 많은 종류를 몇 배나 다양한 품종으로 먹어보았으니 아버지보다 정확한 판단을 할 수 있는 건 분명했다. 단발에 가까워진 머리에 부랑자같이 기른 수염을 한 채 배낭을 메고 돌아오는 공항철도 안에서 나는 심사숙고했다. 그리고 열차가 서울에 들어설 때쯤 최고의 과일을 결정할 수 있었다.

그것은 역시 바나나였다.

마음속 심사위원들은 만장일치로 만점을 주었다. 2등은 물복숭아로 역시나 우리나라에서 흔히 접할 수 있는 과일이다. 긴 시간에 걸쳐 얻은 결론이 흔히 먹어온 과일이라는 점에서 여행 자체가 낭패 아닌가 싶기도 했지만, 어쨌든 알아냈다. 바나나가 최고의 과일이라는 것을. 내게 그 이상의 과일은 없었다. 물론 세상엔 아직도 못 먹어본 과일이 많을 테고, 어딘가에서 과일계의 권위자들이 모여 '올해의 과일' 같은 것을 선정하고 있을지도 모르지만, 그런 것은 내 알 바 아니다. 중요한 것은 지금 내가 좋아하는 과일이 최고의 과일이라는 사실 뿐.

살다보면 내가 좋아하는 것에 대해 "그것보다 훌륭한 것이 많은데 고작 그런 것에 만족하다니, 바보구나."라고 말하는 사람을 종종 만난다. 아버지가 돌아가신 뒤로 방심하고 있었는데, 세상엔 그런 사람이 아주 많았다. 내가 좋아하는 것보다 나은 것이 존재한다는 사실을 굳이 알려주며 어떻게든 내 손의 바나나를 시시해 보이게 만들려는 사람들. 하지만 더 이상 그런 말을 듣지 않는다. 먹어볼 만큼 먹어봤어도 내겐 바나나가 제일이었고, 지금까지 못 먹은 과일은 앞으로도 먹을 일이 없을 테니까.

재미없어진
세상

간만에 미세먼지 없이 날이 좋아 공원에 갔다.

드문드문 배드민턴을 치는 사람들이 있었다. 한 20년 전엔 오후 시간이면 동네 아이들이 골목골목에서 배드민턴을 치곤 했다. 배드민턴 라켓 없는 집이 없었던 것처럼 많이들 쳤다. 나도 줄이 한두 개씩 끊어지고, 프레임이 이리저리 뒤틀린 라켓으로 꽤나 열심히 쳤다.

룰은 엉터리였다. 원래대로 하려면 네트 넘어 상대방의 코트에 셔틀콕을 꽂아 넣어야 득점이다. 하지만 그랬다가는 동네 꼬맹이들 사이에서 '배드민턴 못 치는 녀석'이 되고 말았다. 네트는커녕 제대로 그어진 코트의 경계도 없어 룰을 따지는 것이 우습지만 그랬다.

그렇다면 잘 치는 사람은 누구냐. 바로 잘 받아주고, 잘 넘겨주는 사람이었다.

비틀비틀 히마리 없이 요상한 각도로 날아오는 셔틀콕을 잘 받아 상대방이 치기 쉬운 높이와 속도와 각도로 돌려준다. 고개는 잔뜩 위로 젖혀 줄곧 허공을 바라보는 자세로 누구 하나 뛰지 않고 주춤주춤 움직이며 라켓을 휘두른다, 기보단 갖다 댄다. 통— 통— 주고받는 소리가 한동안 이어진다. 운 좋게 셔틀콕은 떨어지지 않고 두 사람 사이를 오간다. 열 번 정도 왕복할 때쯤, 상대방이 말한다.

"너 배드민턴 진짜 잘 친다!"

한심해 보이는 광경이지만 그때는 그게 잘 치는 것이었다. 중요한 것은 오래 주고받으며 '우리 진짜 배드민턴 잘 치는 것 같다'는 기분을 즐기는 것이다. 상대를 이기겠다고 치기 어려운 각도로 세게 셔틀콕을 날려 점수를 따면 "이렇게 칠 거면 너랑 안 할래!"라는 비난이 돌아왔다. 경기가 중단될 판이다. 그러면 "알았어. 이젠 잘 할게."라고 사과했다. 말도 안 되지만, 그때는 그게 게임의 규칙이었다.

배드민턴의 경우만이 아니었다. 많은 것들이 그랬다.

이기는 것보다 중요한 건 오래 하는 것이었고, 그보다 중요한 건 재미있어야 한다는 것이었다. 술래잡기건, 숨바꼭질이건 어느 한쪽만 계속해서 이기면 곧장 '재미없어'가 선언되었다. 그러면 규칙을 바꿔야 했다. 잘하는 아이가 있는 편에선 못하는 아이를 데려갔고, 그래도 계속 '쫄리는 편'에겐 절대무적의 '깍두기'를 얹어주면서까지 균형을 맞추기 위해 노력했다. 가장 중요한 것은 참여하는 모두의 재미였다.

그러다 언젠가부터 게임의 규칙이 바뀌었다. 그게 언제부터인지는 정확히 기억나지 않는다. 어느 순간부터 모두가 입을 모아 '이겨야만 한다'고 말하기 시작했다. 더 이상 한가하게 주거니 받거니를 할 수 없어졌다. 상대에게 치기 쉬운 코스로 셔틀콕을 보내주면, 상대는 죽을힘을 다해 나의 사각을 노렸다. 황당한 표정으로 "이렇게 치면 재미가 없잖아."라고 말해봤자, 상대는 두 손을 번쩍 올린 채 "일 대 영!"이라고 말할 뿐이다. 지는 놈이 바보인 시대가 도래한 것이다.

사태는 더욱 심각해져 이제는 어느 누구도 재미에 대해 말하지 않는다. 나 역시도 재미 같은 건 생각하지 않는다. 중요한 건 '그래서 누가 이겼냐?'이다. 아무리 재미있어도 패배하면 의미가 없다. 실제로 없다기보다는 모두들 없다고 말한다.

그런데 이런 상황에서 내가 하는 일이 바로 재미를 위한 만화를 그리고, 글을 쓰는 것이다. 나의 재미를 위해 그리고 쓸 수 있다면 좋겠지만, 안타깝게도 여기서 재미란 나의 재미가 아닌 독자들의 재미를 의미한다.

필연적으로 조회수와 평점으로 순위가 매겨진다. 아무리

내가 재미있다 한들, 점수가 낮으면 나는 일을 할 수 없다. 몸이 아프거나, 집안에 일이 있거나, 날씨가 안 좋거나, 마음이 뒤숭숭한 것은 내 사정일 뿐. '쫄린다', 혹은 '그래서 재미없다'라는 말을 했다간 몰수패를 당하게 된다. 그러다보니 눈을 뜬 대부분의 시간은 '어떻게 해야 더 평가를 잘 받을 수 있을까' 하는 궁리만 한다. '재미없네요'라는 댓글이 달리는 악몽도 꾼다. '연재는 다음 달까지만 합시다'라는 말을 실제로 들으면 하루 종일 밥이 넘어가질 않는다. 재미를 위해 최선을 다했지만 결국 재미없음을 통보받을 때엔 삶에 대한 재미 자체가 사라진다. 살아 있는 순간순간이 아수라장이다.

부질없지만, 이 빠진 라켓으로 통통거리며 배드민턴을 치던 때가 종종 그립다. 세상이 어쩌고저쩌고, 룰이 원래 어떻고를 떠나, 그저 오래 셔틀콕을 주고받는 것만으로 행복했던 때가 다시 오면 좋겠다.

격리석의
간식 시간

초등학교 1학년 때, 내 자리는 교탁 옆이었다.

앉은 자리가 교탁과 가까웠다던가, 분단에서 앞에 앉았다던가 한 것이 아니다. 정말 말 그대로 교탁의 좌측에 직각으로 맞대어놓은 독립적인 책걸상이 있었는데 그곳이 내 자리였다. 짝꿍이 없는 것은 당연하고, 고개를 들면 수업을 하는 담임선생님의 옆통수만 보일 뿐인 파격적인 자리였다.

왜 그런 곳이 내 자리였는가 하면, 일종의 격리 조치였다. 당시의 나는 반에서 자기 이름을 못 쓰는 유일한 아이였고, 왼손잡이였으며, 수업에 집중하기는커녕 태연하게 (한글을 몰라 읽지도 못하는)만화책을 꺼내놓고 보는 기행을 저지르는 것은 물론, 화장실과 쉬는 시간이 분명히 존재함에도 굳이 수업 중 앉은 자리에서 시시때때로 오줌을 싸고 드문드문 똥도 싸는 아이였기 때문에, 담임선생님이 '일반 아이들'과 나를 분리해놓았던 것이다.

한번은 선생님이 아이들에게 내 공책을 보여준 적이 있다. 교탁 옆 격리석에 앉아 언제나처럼 공상에 빠져 있던 나의 공책을 휙 낚아채더니, 반 아이들을 향해 펼쳐 보였다. 아무것도 쓴 게 없었다. 말했지만 나는 한글을 몰랐다. 유치원에서 한글을 깨치고 오는 친구들이 많았지만 내가 다니던 유치원에선 가르쳐주지 않았다. 일에 바쁜 부모님도 신경 써줄 여유가 없었다. 모른 채 입학하니 흥미도 없었다. 선생님이 칠판에 쓰는 것을 따라 그려보려고 시도는 했는데, 왼손으로 쓸 때마다 30센티미터 자로 손등을 얻어맞았기 때문에 그마저 잘 안 하게 되었다. 오른손으로는 따라 그리기가 너무 힘들었다.

"이것 봐라. 김보통은 아무것도 쓴 게 없다."

나는 자리에 앉은 채 선생님을 바라보았다. 교실엔 정적이 흘렀다.

"글자도 못쓰면서 수업 시간에 딴짓을 하는 건 안 돼."

그리고 선생님은 내 공책을 가로로 한번 찢고, 세로로 한번 더 찢었다. 나는 내내 자리에 앉아 그 광경을 바라만 보았다. 부끄럽다는 생각보다는 공책이 아깝다는 생각을 했다. 그 돈이면 뽑기가 두 판인데.

감수성이 예민한 아이였다면 꽤나 큰 상처가 되었을 기억인데, 특별히 괴로웠던 기억은 없다. 나는 여러모로 부족했지만, 밝은 아이였다. 아니, 생각해보면 예민함조차 부족한 아이였던 것이 아닌가 싶지만, 아무려면 어떤가. 슬펐던 기억은 없다. 되려 수업 시간에 모든 아이들이 나를(실은 선생님을) 바라보는 것이 재밌어 아이들에게 틈틈이 그림을 그려 보여주거나, 태연하게 말을 건네거나 하며 즐겁게 시간을 보냈다. 유일하게 곤란했던 순간은 간식 시간뿐이었다.

학교에서 점심을 먹지 않는 저학년들이 배가 고플까봐 마련된 간식시간은, 2교시가 끝나면 간단히 빵과 우유 같은 것을 먹는 시간이다. 한 반에 60명씩을 넣어도 아이들이 차고 넘쳐 오전·오후반으로 나눠 수업하던 시절이니 당연히 학교에서 지원되는 것은 아니었고 부모들이 간식을 챙겨줘야 했다. 간식을 싸줄 시간적 여유가 되지 않던 부모들은 아이들에게 얼마간 돈을 주고 아침 등교길 슈퍼마켓에서 간식을 사 가게 했는데, 나의 어머니도 마찬가지였다.

우리 집은 방앗간을 하고 있었는데, 지금이야 역사의 뒤안길로 사라져가는 업종 중 하나지만 그때만 해도 제법 바빴다. 누군가의 생일이거나 좋은 일이 있으면 직접 쌀을 이고 와 떡을 주문하던 시절이다.

그때 우리는 가게에 딸린 창문 없는 골방에 살았다. 아침이면 쌀을 빻는 기계 소리에 잠에서 깨어나곤 했다. 떡을 찌느라 피어오른 김이 가득한 가게 구석에 쭈그리고 앉아 이를 닦고, 반쯤 졸면서 아침밥을 먹고 나면 어머니는 내게 간식값으로 500원을 주었다. 그 돈으로 학교 앞에 있던 '학교 앞 슈퍼(진짜로 이름이 그랬다)'에서 설탕이 발린 페스츄리 빵(300원)을 샀다. 크림빵을 사면 100원을 아낄 수 있지만 설탕 발린 페스츄리 빵의 고급스러움 앞에 무릎 꿇을 때가 많았다. 간식 시간이 되면 그렇게 산 간식을 교탁 옆 내 책상에 앉아 혼자 먹었다.

좋았다. 페스츄리 빵은 한 겹씩 뜯어내 야금야금 먹는 재미가 있었다. 다 먹고 나면 포장지에 묻은 설탕을 싹싹 혀로 핥았다. 학교에서 시켜 먹는 우유는 미지근한 게 소의 오줌 같아 별로 좋아하지 않았다.

간식도 잘 먹었으면서 그것이 왜 곤란한 순간이었는가? 다른 아이들의 간식을 나눠 먹을 수 없었기 때문이다. 내가 격리석에서 보내야 하는 시간은 쉬는 시간을 제외한 모든 시간이었고, 애석하게도 간식 시간은 쉬는 시간으로 인정되지 않았다. 수업 시간보다는 좀 더 자유로워 앞뒤로 앉은 친구들과 이야기를 하거나, 간식을 나눠 먹는 것이 허용됐지만,

자리에서 일어나 돌아다니는 것은 용납되지 않았다. 진급을 앞두고 섭식에 대한 예절을 배운다거나 하는 이유가 있었겠지만, 그것보다는 돌아다니며 먹을 것을 교실 바닥에 흘리지 못하게 하기 위함이 아니었을까 싶다.

여하튼, 그래서 나는 아이들이 소보로빵과 금방울빵, 초코파이와 크림빵을 뜯어 주고받으며 먹는 광경을, 외따로 떨어진 섬 같은 격리석에 앉아 수평선 너머로 지나가는 야속한 증기선을 바라보는 로빈슨 크루소의 심정으로 지켜봐야만 했다. 당연히 로빈슨 크루소만큼 슬펐으며, 또한 고독했다.

도저히 참지 못한 내가 "한 입만 줘!"라고 말하면, 바로 코앞 교탁에 서 있던 선생님이 "요놈 김보통! 넌 아직도 왼손으로 글씨 쓰는 주제에 말이야! 가만 있어!" 하고 혼을 내는 바람에, 더더욱 슬펐다.

거의 30년 전의 일이다.

당시 이미 할머니였던 그때의 담임선생님은 아마 돌아가셨을 것이다. 매일같이 나머지 공부를 하며 손등을 자로 얻어맞은 덕분에 나는 글씨만큼은 오른손으로 쓸 수 있게 되었다. 그 외 다른 모든 것은 여전히 왼손으로 하지만. 감사한가 하면, 글쎄. 원망스러운가 하면, 그 또한 글쎄다. 그저 나의 모자람을 좀 더 감싸주는 선생님이었다면 어린 시절의 내가 좀 더 행복하지 않았을까 싶긴 하다. 딱히 불행했던 것은 아니지만, 생각해보면 기억 속의 내가 좀 가엾다.

얼마나 가여운가 하면, 수십 년이 지났음에도 이렇게 글로 써 기필코 책으로 남기고야 말 정도로.

동메달의 비밀

스물너댓 살 때의 일이다. 아버지는 내게 "넌 머리통이 커서 권투는 절대 못해."라고 말씀하셨다. 어떤 상황이었는진 모르겠다. 텔레비전으로 권투 중계를 보고 있었거나 그랬을 것이다.

새삼스러운 일은 아니었다. 아버지는 무엇이든 내가 못할 만한 일을 찾아내는 것에 도가 터 있었고, 그것을 굳이 말하는 것을 즐겼다. 돈이 안 드는 취미 생활이었는지도 모른다. 너무나 익숙했다. 그러나 그날, 나는 그 길로 집을 나서 지하철역 근처 권투 체육관에 등록했다.

이유는 모른다. 반항심 같은 것이 조금 있었을지도 모르고, 막연히 권투라는 운동을 동경했던 것일 수도 있다. 정확히는 모른다. 나는 어떤 행동을 하면서 스스로를 이해하려는 노력을 거의 하지 않고 살았다.

'팔만 체육관'이 그 체육관의 이름이었다. '관비가 8만 원이라서 팔만인가?'하고 생각했는데, 관장님의 이름이 '신팔만'이었다. 관비는 7만 원이었다.

팔만 체육관은 남부순환로 근처 낡은 건물 지하에 있었다. 체육관에 가면 나 혼자 있는 경우가 많았다. 점심에 가건, 저녁에 가건 신팔만 관장님을 제외하곤 거의 아무도 없었다. 더러 관장님이 없는 날도 있었다. 그런 날이면 묵묵히 줄넘기만 한 시간씩 하다 오곤 했다. 다른 사람들이 오는 시간대가 도대체 언제인가 싶었는데, 알고보니 그냥 다니는 사람 자체가 별로 없었다.

"권투의 시대는 갔지."

라면을 후후 불며 관장님은 말했다. 체육관 뒤편 좁은 공간에 합판으로 얼기설기 지은 평상 위에서였다. 그 옆엔 작은 창고가 있었는데 연탄 같은 것을 넣어두는 용도인가 했더니, 관장님의 숙소였다. 왜 거기서 자는 건지 이유는 몰랐다. 집이 없는 건지, 있는데도 거기서 사는 건지, 때때로 잠만 자는 건지 알 수 없었다. 물어본 적도 없고, 알려주지도 않았다. 그저 가끔 때가 맞으면 라면을 얻어먹었다. 평상 위에 휴대용 가스레인지를 꺼내놓고 라면을 끓이는 품새가 한두 번 하는 것이 아닌 듯했다.

"요새는 뭐, 다이어트로 광고해야 사람 좀 오지. 누가 이런 거 하려고 해. 배고프고, 몸 아프고."

그렇게 말하며 라면을 후후 부는 관장님의 모습 자체가 '이미 가버린 권투의 시대'를 상징하는 것 같았다. 믿을 순 없지만 과거 동양 챔피언이었다는 말 때문에 더욱이 그랬다.

"다들 먹고살 만해졌잖아. 우리 땐 권투라도 해야 살았어."

그렇게 말하는 관장님의 얼굴은 심각하게 녹이 슬고 찌그러진 트로피처럼 보였다.

훈련은 지루했고, 스파링은 괴로웠다. 도무지가 즐거움이란 것이 없는 운동이었다. 매일같이 자해가 아닐까 싶을 정도로 뛰고 달리고, 스파링을 하며 서로에게 타박상을 입히는 일이 반복될 뿐이었다. 심하게 얻어맞은 날은 그 평상에 앉아 울었다.

"내가 이걸 왜 하고 있는 거지."라고 무심결에 말한 적도 있다. 당연하지만, 스스로의 행동을 이해하려 노력하지 않은 벌일 것이다.

"너, 대회 나가볼래?"

어느 날 관장님이 물었다. 긴장감이나 기대 같은 것은 전혀 없이 담백했다. "라면 먹고 갈래?"라고 묻는 것만큼이나 일상적이었다.

나는 대답했다.

"네. 나가보죠."

그날부터 운동 시간이 배로 늘었다.

무엇보다 괴로운 것은 로드웍이었다. 로드웍은 위아래로 추리닝을 입고 그 위에 통풍이 안 되는 비닐 운동복(이른바 땀복)을 뒤집어쓴 채 한 시간씩 뛰는 것인데, 사실 뛰는 거야 뛰다보면 익숙해진다. 하지만 체육관 근방의 번화가를 흘러내린 땀으로 번들거리는 운동복을 입고 헐떡이며 뛰어다니는 것은 도무지 익숙해지지 않았다. 게다가 땀복 위엔 '팔만체육관'이라고 크게 쓰인 선수복을 덧입어야 했다. 땀을 더 빼기 위해서는 아니고, 홍보 때문이었다. 그 모습을 보고 체육관을 찾아올 사람은 없을 것이라 확신했다. 마음이 있다가도 사라질 꼴이었다.

"코스가 너무 쪽팔려요. 근처 공원(보라매 공원이 지척이었다. 쪽팔리는 건 매한가지지만)을 뛰면 안 될까요?" 하고 물으면, "안 돼. 홍보가 안 되잖아, 홍보가."라고 관장님은 말했는데, 그것은 분명히 잘못된 홍보 전략이었다고 지금도 확신한다.

스파링도 늘었다. 매일매일 스파링을 해야 했다. 같이 운동하는 사람이 별로 없었기 때문에, 체육관에서 먹고 자며 프로 데뷔를 준비하는 선수 지망생과 스파링을 했다. 일찍

군대를 다녀와 권투 선수가 되기 위해 지방에서 상경했다는 그는 매사 별말이 없는 순박한 청년이었다. 나보다 나이가 한두 살 어렸는데, 낮에는 공사 현장에서 일하고 아침저녁으로 체육관에서 운동을 한다고 했다. 가끔 관장님이 체육관 광고 포스터를 붙이라고 하면 둘이 작은 오토바이에 함께 타고 사이좋게 동네를 돌며 붙였다.

"요즘도 프로 권투가 돈이 돼?" 하고 물으면 그는 "안 돼도 뭐, 다른 일도 없고요."라며 수줍게 웃었다.

그런 순박한 청년도 링 위에 오르면 돌변했다. 난폭해지는 것이 아니었다. 그냥 눈앞에서 사라져버렸다. '어디 갔지?' 하는 생각을 할 때쯤 시야 밖에서 주먹이 날아온다. 한 대 맞고 고개가 들린 채 그대로 계속 맞기만 했다. 보다 못한 관장님이 "야야— 한 손으로만 해라, 한 손으로만. 잽만 쳐."라고 말하자, 이후론 한 손으로 나를 두들겨 팼다. 아니, 방금 전까지 사이좋게 포스터 붙이고 왔는데 무슨 원한이 있다고 이렇게 사람을 패는 거지, 하는 억울함이 생길 정도였다. 일방적으로 폭행당하는 내 모습에 관장님은 "야야— 그냥 피하기만 해라. 피하기만." 했다. 나는 속으로 쾌재를 불렀다. 하지만 그것은 나의 오판이었다. 분명히 내 앞에 서 있는 그에게 주먹을 날렸는데, 그는 맞지 않았다. 개구리처럼 움츠려 앉더니, 휙— 하고 떠올랐다 붕붕하고 고개를 좌우로 움직여 내 모든 공격을 피했다. 귀신에 홀린 기분이었다. 그냥 때리고만(정확히는 휘두르고만) 있는데도 심장이 터질 것 같았다. 물론 청년은 땀 한 방울 흘리지 않았다. 땡땡땡— 하고 공이 울리니 그는 말했다.

"형, 이상한 게 아니에요. 저는 프로 준비하잖아요."

그런 날들이 흐르고 흘러 어느덧 대회 당일.

나는 동메달을 땄다. 연습용 글러브보다 훨씬 큰 시합용 글러브를 끼고 헤드기어를 했음에도 스파링 때와는 비교도 안 되게 부어오른 얼굴로 체육관에 돌아갔다. 목에는 동메달을 건 채였다. 움막 같은 창고에 누워 잠을 자던 관장님은 내 모습을 보고 "뒤지게 맞았네." 하더니 한참을 웃었다.

집에 들어선 나를 본 아버지 역시 "하하하!" 하고 웃었다. 별말은 없었지만, 그 후로 다시는 "넌 ~해서 ~를 못한다."라는 말을 하지 않았다. 그랬다간 또 뛰어나가 슬그머니 해버릴까 걱정이 되었을지도 모를 일이다. 그리고 몇 해 뒤 돌아가셨다. 이제는 내게 '넌 ~해서 ~를 못한다'고 말하는 사람이 아무도 없다. 그래서일까, 새롭게 무언가에 도전하는 일도 뜸해졌다. 그런 점에서 아버지의 악취미도 나름 좋은 면이 있었다.

이제 와 고백하건대, 사실 동메달을 딴 것은 내가 잘해서는 아니었다. 나는 그때 첫 시합 1라운드 시작과 동시에 시원하게 케이오를 당했다. 그렇다면 어떻게 동메달을 딴 것이냐. 내 체급의 참가 선수가 셋뿐이었다. 그 셋이서 나란히 금, 은, 동을 받았다. 어쩌다보니 참가상이 된 셈이다.

물론, 시합 날엔 나를 아는 어느 누구도 오지 않았기 때문에 이 사실은 이날 이때까지 비밀이다. 그러니, 이 글을 읽는 여러분도 비밀을 지켜주길 바란다. 부디.

형제 이발소

한때, 이발소의 시대가 있었다. '시대'라고 말해 거창한 것 같지만, '남자라면 이발소에 가는 거지'라는 인식이 보편적이었던 때를 말한다. 지금이야 미용실에서 자기 차례를 기다리는 중년 아저씨들도 심심치 않게 보여 무슨 시대착오적 발상인가 싶지만, 20여 년 전만 하더라도 미용실 앞 길바닥에 주저앉아 "나는 남잔데 왜 미용실을 가는데!!!"라며 고래고래 악을 쓰고 울던 아이가 있었다. 물론 그것은 나다.

그때는 그랬다. 어릴 적 나에게 미용실은 '여자가 가는 곳', 이발소는 '남자가 가는 곳'이었다. 그런 확고한 신념이 있음에도 불구하고 미용실에 끌려가야 했는데, 길 건너에서 사촌누나가 미용실을 운영하고 있었기 때문이다. 보통 그렇게 끌려가는 날엔 어머니도 파마를 했기에 덩달아 몇 시간씩 기다려야만 했다. 파마약 냄새에 멀미가 날 지경이었다. 아마 미용실을 싫어했던 이유 중 하나였을 것이다.

무엇보다 곤욕스러운 것은 학교 친구를 만나는 것으로, 난처하기로는 목욕탕에서 짝꿍을 만나는 것보단 덜했지만 어색함은 그 몇 배였다. 머리를 깎고 있는 중에 평소 애틋한 마음을 홀로 키워오던 친구가 드르륵 문을 열고 들어오면 인사를 할 수도, 벌떡 일어나 도망칠 수도 없어 몇 십 분 동안 눈길만 힐끔거리며 위이잉— 위이잉— 머리카락이 잘리는 소리를 듣고 앉아 있어야 했다. 다음 날 학교에서 "나 너 어제 미용실에서 봤다." 하고 말이라도 걸어줘 내심 좋기도 했지만 곤욕스러운 건 마찬가지였다.

그래서 '형제 이발소'를 좋아했다. 의사처럼 하얀 가운을 입은 주인아저씨는 눈썹이 짙고 콧구멍이 거대했는데, 그 동굴 같은 콧구멍으로 덩굴 같은 코털들이 삐져나와 있었다. 그리고 면도를 안 한 건지 못 한 건지 언제나 수염이 거뭇거뭇했다. 그 모습을 보며 나는 당시 알던 몇 안 되던 속담 중 '중이 제 머리 못 깎는다'를 떠올리며 '역시 실력 있는 이발사…'라고 혼자 생각했었다. 코털 정리나 면도 같은 건 스스로도 충분히 할 수 있었음에도 아저씨는 하지 않았다. 장인정신 같은 것이었을지도 모르겠다.

아직 어려 키가 작던 나는 이발소 의자 위에 널빤지를 하나 더 올려놓고 앉아야만 했다. 곡예사가 된 듯한 기분이라 좋았다. 훌쩍 높아진 자리에 앉아 거울을 바라보면 어른이 된 것만 같았다.

머리를 깎는 내내 주인아저씨는 말이 없었다. 이제 갓 초등학교에 들어간 꼬맹이와 할 말도 없었을 것이다. 시종일관 내 머리카락에 시선을 고정한 채 바리캉(전동 이발기가 아니라 가위처럼 생겨 찌걱찌걱 소리를 내며 머리를 자르는, 지금은 사라진 도구)을 움직여 머리를 자를 뿐.

가끔 바리캉에 머리카락이 씹혀 "악!" 하고 비명을 질러도 그런 건 전혀 들리지 않는다는 듯 무심히, 그리고 진중하게 바리캉을 찌걱찌걱 움직였다. 단 한 번도 미안하다고 사과하거나, 당황하지 않았다. 가위로 귀 끝을 조금 잘랐을 때도 그랬다. 평소보다 더 큰 소리로 "아악!" 소리를 질렀지만, 아저씨는 동요하지 않았다. 귀쯤이야 하루에도 수십 번씩 자른다는 표정이었다. 무심한 아저씨의 반응에 나 역시 '귀 끝이 잘리는 것쯤' 하며 대수롭지 않은 척 했다. 한층 어른이 된 느낌이었다.

내가 가장 좋아하던 순간은 이발이 끝난 뒤 하는 면도였다. 면도라고 해봤자 솜털밖에 난 것이 없기 때문에, 비누를 솔로 비벼 곱게 낸 거품을 귀밑과 목에 묻힌 뒤 그 솜털들을 밀어내주는 것이다. 거품을 묻힌 내 모습을 거울로 보노라면 웃음이 나왔다. 주말의 명화에서 보았던 마피아 보스의 모습 같았다. 사아악— 삭— 하는 기분 좋은 소리와 함께 칼날이 오갈 때마다 말끔히 사라지는 비누 거품을 바라보면 얼마 안 되던 내 근심도 사라졌다.

머리를 감겨주는 방식은 미용실이 더 나았다. 미용실에는 뒤로 누워 머리를 감겨주는 의자가 있었다. 그 의자에 눕듯이 앉으면 샤워기—당시에도 샤워기가 드물진 않았다—로 머리를 적시고, 좋은 향이 나는 샴푸로 머리를 감겨주었다. 클레오파트라의 기분이 이랬을까 싶어 웃음이 절로 나왔다.

형제 이발소는 달랐다. 샤워기 같은 것은 없었고, 대신 파란 플라스틱 물뿌리개를 사용했다. 얼룩덜룩한 타일이 붙어 있는 세면대 앞에 앉아 머리를 90도로 숙이고 기다리고 있으면, 한편에 놓인 난로에서 덥혀놓은 물을 물뿌리개에 담아 찬물과 섞어 머리에 뿌리는 것이다. 지난 식목일 학교 화단에 심은 봉선화가 이런 기분이었을까 싶었다. 이윽고 아저씨가 말한다.

"눈 감아라. 물 들어간다."

그러나 눈에 물이 들어가는 것보다는 물의 온도가 들쑥 날쑥이라는 것이 문제였다. 어떤 날은 머리 가죽이 벗겨질 것처럼 뜨겁고, 어떤 땐 머리통이 얼어 터질 것처럼 차가웠다. 그때그때 기분에 따른 것이거나, 신경을 쓰지 않는 것이 분명했다. 어쩌면 너무 오랜 세월 머리를 감겨주느라 손의 감각을 잃은 것일지도 모른다. 그런 생각을 하고 있노라면 비눗물이 눈으로 쏟아져 들어왔다.

미용실처럼 뒤로 누운 것이 아니라 고개를 앞으로 처박고 있는 형상이니 눈에 안 들어갈래야 안 들어갈 수가 없었다. 게다가 나는 어렸으니까 아주 조금의 비눗물로도 눈을 비누로 비벼버리는 것 같은 고통을 느꼈다. 참다못한 내가 "아아아— 아아아—" 하면 아저씨는 무심하게 내 눈을 스윽 닦아주었는데 그게 또 그렇게 멋져 보일 수가 없었다.

장고 같았다. 우주 보안관 장고.

이어서 아저씨는 더없이 터프하게 수건으로 머리를 털어주었다. 왜 세상의 모든 아저씨들은 그렇게나 과격하게 아이들의 물기를 제거한 것일까. 너무 귀찮아 한시라도 빨리 끝내려는 것이 아닐까 싶지만, 본인들의 머리를 털 때도 마치 머리통을 날려버리려는 것처럼 폭력적이었던 것을 생각하면 그냥 중년 남성의 특성이 아니었을까 싶다.

이후로 많은 시간이 흘렀으나 사라지지 않는 의문이 하나 있다. 종업원도 없이 머리를 깎고, 거품을 내 면도를 해주고, 계산을 한 뒤 바닥을 쓸고, 다음 손님을 앉히는 그 모든 것을 주인 아저씨 혼자 했음에도 왜 이름이 '형제 이발소'인가 하는 것이었다. 왜일까. 설마 어딘가에 아저씨의 형제가 운영하는 다른 이발소가 있는 것은 아닐까. 그곳에서도 아저씨와 똑 닮은 아저씨가 내 또래 꼬맹이의 머리를 깎고, 물뿌리개로 머리를 감긴 뒤, 뇌진탕에 걸릴 정도로 머리를 털어내고 있는 걸까. 내 차례를 기다리는 동안 너덜너덜한 성인잡지를 뒤적이며 생각해보곤 했다. 당연히 끝내 알아내지는 못했다.

이별의
돈가스

맛있는 돈가스를 파는 식당은 매우 많을 것이다.

당연하지. 돈가스란 그런 음식이니까. 고기에 빵가루를 입혀 기름에 튀겼다. 맛이 없으려야 없을 수가 없다. 그런 음식인 만큼 세상엔 맛있는 돈가스를 파는 곳이 별처럼 많다. 그렇기 때문에 '맛있는 돈가스'에 대한 글을 쓰는 것은 의미가 없을 것이다. 내가 아니어도 이미 많은 사람들이 맛있는 돈가스에 대한 이야길 썼을 테니, 내가 그 어떤 맛있는 돈가스에 대한 이야기를 하건 이미 누군가 나보다 먼저 먹고 그에 관한 글을 썼을 것이 분명하다.

때는 2002년. 한일월드컵 16강 이탈리아전 연장전에서 아직 날씬했던 안정환이 골든골을 넣고 반지에 키스를 하는 세레모니를 펼쳤던 무렵이다.

온 국민이 매일같이 행복한 하루하루를 보내던 것과 달리 나는 한숨과 아쉬움뿐인 나날을 보내고 있었다. 살면서 내 방에 재떨이가 있던 유일한 시기였다. 입대를 앞두고 있었기 때문이다.

여자 친구가 있었다.

이성 교제라고는 하지만 다른 도시에 사는 관계로 평균적으로 한 달에 한두 번 만나던 관계라 그 시점에선 솔직히 이별을 예감하고 있었다. 아니, 그것을 이별이라 부르기도 애매했다. 기본적으로 늘 떨어져 있다 가끔, 이름도 잘 모르는 복학한 선배보다도 뜸하게 만나는 사이였기 때문에 '오랫동안 만나지 못해 슬프다'는 생각이 들지도 않았다.

그래도, 어찌 됐든 입대를 앞두고 있으니 마지막 식사를 하기 위해 그녀가 사는 도시를 찾았다. 택시를 타고 도시의 끝에서 끝까지 가로지르는 데 10분이면 충분한 작은 도시였다. 몇 개의 대학교가 인근에 모여 있어 대학생들이 옹기종기 모여 살던 조용한 곳이었다.

우리는 그 도시의 어느 돈가스 가게에 앉아 있었다.

다 늙은 어머니와 따라 늙은 아들이 운영하는 곳이었는데, 이유는 알 수 없지만 내부를 온통 파란색 페인트로 칠한 곳이었다. 테이블이 너댓 개밖에 없는 좁은 가게에 손님은 우리 뿐. 그나마 유일한 손님인 우리는 돈가스를 시킨 뒤 말없이 앉아만 있었다. 가게 한편에 놓인 브라운관 텔레비전에선 소리가 꺼진 채 월드컵 방송이 나오고 있었다. 아무 말이라도 누군가 해줬으면 싶은 그런 상황이었지만, 들리는 것이라곤 돈가스집 아들이 신문을 넘기며 내는 바스락 소리뿐이었다.

나는, '으레 이런 상황에서들 하곤 하는 말'을 할 수 없었다. '기다려달라'거나, '곧 돌아오겠다'거나, '잘 지내' 같은 이런저런 매체를 통해 접한 대사들 말이다. 이유야 뭐, 내심 '기다리지 않았으면' 하는 마음이 있기도 했고, '어차피 기다리지 않겠지' 하는 희미한 예감도 들었기 때문이었다. 생각해보면 그녀 역시 아무런 말이 없었던 걸로 봐선 아마도 비슷한 생각을 하고 있지 않았을까.

"돈가스 나왔습니다. 맛있게 드세요."

침묵을 깬 것은 돈가스집 아들이었다.

그는 우리 앞에 각각 돈가스를 내려놓고 자리로 돌아가 접어두었던 신문을 펼쳐 보기 시작했다. 말로는 맛있게 먹으라고 했지만, 진짜 돈가스를 맛있게 먹을지 어떨진 추호의 관심도 없어 보였다. 우리는 말없이 칼과 포크를 들고 돈가스를 먹기 시작했다. 돈가스의 맛은 어땠느냐 하면, 맛있었다. 말했지만 돈가스란 일부러 노리고 만들어도 맛없기가 힘든 음식이다. 특별함은 없었지만, 예상처럼 맛이 있었다.

"다녀올게."

아마도, 나는 그런 말을 했던 것 같다.

　"죽으러 가냐."

　어렴풋이 그녀가 그렇게 말한 것도 같다. 정확히 기억나진 않는다. 희한한 일이다. 파랗게 칠해진 벽의 색상이나, 소리 없이 세레모니를 펼치던 선수들, 후줄근한 추리닝을 입은 채 의욕 없이 신문을 보던 돈가스집 아들의 모습은 기억이 나지만, 그날 우리가 더 어떤 대화를 나누었는지는 떠오르지 않는다. 자꾸만 멀어지는 차창 너머의 풍경을 아무리 잽싸게 눈으로 쫓아봐도 따라잡을 수 없는 것처럼, 그저 무언가 지나갔다는 것만 알 뿐이다. 지금의 내게 남겨진 그 잔상이란, 눈물 나는 사랑의 맹세나 이별의 슬픔이 아닌, 별다른 대화를 나누지 않은 채 묵묵히 돈가스를 먹어치우는 장면뿐. 마침 창밖으로 보이는 산 너머론 해가 뉘엿뉘엿 넘어가고 있었는데, 침묵 속에 돈가스를 자르며 나는 '이것이 우리의 이별이구나' 하는 것을 직감했다. 참으로, 참으로 시시한 이별이었다.

　그해 우리나라는 월드컵 4강에 진출했다. 이어 나는 입대했고, 여자 친구는 딱 한 번 편지를 보냈다. 뭐라고 써 있었는지는 기억나지 않는다.

　아마도 거짓말이었겠지.

수영이
좋지만

나는 수영을 할 수 있다.

원래 물에 대한 공포심도 별로 없고, 2년 동안 수영장을 다니며 교육도 받았다. 남들보다 특별히 잘하지는 않지만, 강이건 바다건 아무 데나 던져놔도 유유히 수영할 수 있다. 내게 수영은 조깅과 비슷한 운동이다. 머리가 복잡할 때 한 시간 정도 멍하니 수영을 하곤 한다.

수영을 못하는 사람을 종종 만난다. 정규 교육 과정에서 수영을 가르치지 않고, 살면서 접하는 바다라고는 서해의 펄과 동해의 깊은 바다인 경우가 많다보니 쉽사리 수영을 배우지 못하는 것일까. 대중 스포츠라기보단 '하는 사람들만 하는' 운동에 좀 더 가까운 느낌이다.

수영을 못하는 사람들에겐 다양한 이유가 있다. '난 물에 뜨지 않는 체질이야', '튜브 없으면 분명히 죽을걸', '물놀이는 좋아해' 등. 저마다 취향이 다르고 또 신체적 능력이 다르니 '그렇구나'라고 생각한다. 만일의 사태에 목숨을 잃을 수도 있는데 조금 배우면 좋지 않을까라고 생각하지만 강요하지는 않는다. 정말 체질적으로 수영을 할 수 없는 사람이 있는가 여부를 떠나서, 애초에 발이 닿지 않는 물속에 들어가는 건 누구에게나 두려운 일이다. 두려움을 극복하라 강요할 순 없다. 피할 수 있는 공포는 피하는 게 좋다. 게다가 다들 저마다의 사정이 있으니 이해할 수 있다.

나는 술을 마시지 않는다.

신념 같은 것이 있는 건 아니고, 몸에 받지 않는다. 어떤 술이건 한 모금이 한계로, 더 마시면 머리가 아파온다. 술에 취해 해롱거리는 느낌 자체도 좋아하지 않는다. 그 느낌이 좋아 술을 마신다지만, 나로서는 그저 불편할 뿐이다. 게다가 다음 날의 컨디션이 너무 나빠진다. 속이 울렁거리고, 머리도 지끈거린다. 거의 빠지지 않고 구토를 하는데, 변기를 붙잡고 내가 먹은 것을 확인하는 과정은 당연히 유쾌하지 않다. 그렇기 때문에 자발적으로 술을 마시는 일은 없다.

불행히도, 술을 권하는 사람을 자주 만난다. 자주랄 것도 없이 모든 술자리에서 마주한다. 지금이야 상사도 부하도 없는 상황이니 "술을 못 마십니다."라고 하면 그뿐, 두 번 권하는 사람이 없지만 회사 다닐 적엔 아주 괴로웠다. 잦은 술자리 때문에 가족과 멀어진 것인지, 가족과 멀어진 탓에 술자리가 늘어난 것인지 좀체 집에 들어가기 싫어하던 선배들이나, 점심에도 반주 한잔 하지 않으면 손을 떠는 거래처 사람들도 힘들었지만, 제일 괴로웠던 건 옆자리에 앉아 '술은 정신력으로 먹는 것'이라는 훈계를 밤새도록 하고 또 하던 동기였다.

이 동기는 술을 마셔야 하는 이유에 대한 방대하고 장황한 교리를 구축하고 있었다. 그런 게 무슨 의미가 있는지 모르겠지만 '주도'라는 거창한 이름을 붙인, 술을 마시는 과정 중에 갖추어야 할 예의, 술을 마시는 것에 있어 가져야 할 마음가짐, 술을 매개로 상대방에게 전달해야 할 나의 메시지, 그 메시지의 전달 방법, 술자리를 마칠 때의 순서, 어쩌고저쩌고. 무슨 종묘제례를 지내는 것처럼 복잡하고 장황했다. 그러나 안타깝게도 대부분은 만취 상태에서 술주정으로 떠들어대는 통에 제대로 이해하지 못했다.

결론은 늘 비슷했다. 사실 자신도 이 모든 지난한 과정을 거쳐 힘겹게 술을 마시는 것을 좋아하지는 않지만 그 의미가 깊고 또 숭고하기에 정신력으로 마신다는 것이다. '그러니 너도 정신력으로 술을 마셔야 해'라고 말하는 그는 두 눈의 초점이 완전히 풀어진 채 침을 살짝 흘리고 있었다. 그 말만을

고장 난 로봇처럼 반복했다.

하루는 동기에게 물었다. "너는 수영할 수 있어?" 역시 정신력 타령을 하던 술자리에서였다. 그는 붉게 충혈된 눈으로 나를 바라보며 대답했다. "아니, 못하는데." "수영도 정신력으로 해보지 그래?" 하고 내가 묻자, 별 황당한 소리를 듣는다는 표정으로 "무슨 소리야? 그걸 어떻게 정신력으로 해?"라고 되물었다. 그 말에 나는 대답했다. "내겐 술이 그래. 정신력의 문제가 아니야." 동기는 전혀 납득이 되지 않는단 표정으로 "말도 안 되는 소릴 하고 있어."라고 중얼거릴 뿐이었다.

살면서 하지 말아야지 다짐하는 것 중 하나는, 내가 쉽게 할 수 있는 일에 대해 타인도 당연히 할 수 있을 거라 생각하는 것이다. 나아가 그것을 왜 못하냐고 종용하는 것 역시 안 하려고 노력한다. 가능하다면 '정신력'이라는 개념 자체를 뇌에서 지운 채 산다. 그럴 일은 없겠지만, 미래의 대통령이 된다면 사전에서 '정신력'이라는 단어를 지우고, 일상생활에서 정신력을 강요하는 사람은 벌금형에 처할 것이다. 나는 기본적으로 유물론자다.

다짐을 지키며 살기가 쉽진 않다. 내가 좋아서 즐겨 하는 일이라면, 이 즐거움을 같이 나누고 싶은 마음에 별로 내켜

하지도 않고 못하는 사람에게 강하게 권하고 싶다는 충동을 느끼기도 한다. '이렇게 좋은 걸 왜?' 하는 의구심과 '이런 것도 못해 쩔쩔매다니' 하며 조롱하고 싶은 마음이 나에게도 솔직히 있다.

그때마다 동기를 떠올린다. 술에 취하지 않았을 땐 누구보다 예의 바른 동기. 부서 내 모든 여성 직원들이 입을 모아 '젠틀맨'이라고 부르던 동기. 명절이면 근처 룸살롱들에서 단골 고객을 상대로 보낸 양말 같은 선물이 사무실 책상 위에 차곡차곡 쌓이던 그 동기. 가까운 미래에 지구온난화로 해수면이 상승해 온 세상이 바닷속에 잠기는 날이 오면 그제야 그는 나를 떠올리겠지.

계피맛 사탕을
찾아서

초등학교 2학년 때였다. 담임선생님이 내게 돈을 주며 말했다.

"학교 앞 슈퍼에서 계피맛 사탕 한 봉지 좀 사와라."

'학교 앞 슈퍼'는 학교 앞에 있던 실제 가게 이름이다. 정문에서 약 10미터 떨어진 곳에 있었는데, 커다란 대형마트가 없던 당시 동네의 랜드마크였다. 아이들과 약속을 잡을 때면 '몇 시까지 학교 앞 슈퍼에서 보자'고 했을 정도다.

"학교 앞 슈퍼 어딘지 알지?" 하고 선생님은 확인했다.

"네." 하고 나는 답했다. 그러나 선생님은 내가 미덥지 못했는지 다른 친구를 동행시켰다. 당시 나는 소변을 완전히 가리지 못해 분기별로 수업 중에 오줌을 싸던 아이였고, 구구단도 2단까지밖에 못 외워 특수반에서 따로 배웠다. 혼자 심부름을 보낼 만한 아이가 아니었다. 그래서 일종의 안전장치로 다른 아이를 딸려 보낸 것이다. 그럴 거면 애당초 나에게 심부름을 시키지 않으면 되는 것 아닌가 싶은데, 수업에도 도통 집중을 못 하던 아이라 심부름이라도 시키려던 것 같다. 잘은 모른다. 선생님이 무슨 생각이었는지는. 30년 전 얘기라 선생님도 기억 못 할 것이다. 살아 계신지도 모르겠고.

어쨌든, 수업 시간 중에 다른 친구와 함께 선생님 심부름으로 사탕을 사러 갔었다. 학교를 나와 바로 앞 슈퍼에서 사탕을 사서 돌아오는 간단한 심부름. 10분이면 끝날 심부름이었다. 물론, 일반적인 경우에 한해서긴 하지만.

"대부님, 계피맛 사탕 있나요?"

학교 앞 슈퍼는 나의 성당 대부님이 운영하는 곳이었다.

"계피맛 사탕? 없는데."

대부님이 말했다. 친구는 난감한 표정으로 "어떡하지?"하고 물었고, 나는 망설임 없이 "다른 곳에 가보자." 라고 말했다. 여기서 말하는 '다른 곳'이란 '학교 앞 슈퍼'에서 약 20미터 떨어진 '우성 슈퍼마켓'을 말한다. 학교 앞에서 길을 건너야 하는 관계로 아이들이 많이 찾지는 않는 곳이었다. 단 한 번도 우성 슈퍼 앞에서 만나자고 약속을 잡은 적은 없었다.

"계피맛 사탕은 없네……"

우성 슈퍼 주인아저씨의 말에 친구는 내게 "어쩔 수 없다. 돌아가자."고 말했다. 안전장치가 발동한 것이다. 그리고 그것이 정상적인 아이의 지극히 정상적인 사고방식이었다. 하지만 문제는 나였다. 수업 중 오줌이 마려우면 손을 들고 "화장실에 다녀오겠습니다."라고 말하는 대신 자리에 앉은 채 싸버리던 나는 언제나 만사의 경중을 멋대로 판단했다. 그런 나의 문제가, 안전장치보다 더 강력했다는 것은 선생님도 예상치 못했을 것이다.

"안 돼. 선생님이 사오라는 사탕을 못 샀잖아."

물론 거짓말이었다. 애당초 교문을 나서는 순간부터 (내가 먹지도 못하고 더럽게 맛도 없는)계피맛 사탕 따위 내 알 바 아니었다. 그저 어떻게 해서든 이 짧은 모험을 최대한 오래 즐기고 싶었다. 사실 계피 사탕이 없다는 얘기를 들을 때마다 내심 안도했다.

"다른 슈퍼에 가보자."

내가 말했다. 이번엔 약 200미터는 떨어진 곳에 있는 '중앙 슈퍼'가 목적지였다. 다행히 그곳에도 계피맛 사탕은 없었다. 속으로 쾌재를 불렀다. 다시 2, 300미터 떨어진 슈퍼까지 걸어갔다. 이제부터는 이름을 모르는 곳이다. 다행히 그곳에도 계피 사탕은 없었다. 계피 사탕 같이 맛없는 사탕은 서서히 멸종하고 있는 걸지도 몰랐다. 맛이 있고 없고의 문제가 아니다. 상식적으로 사탕으로 만들어선 안 되는 맛이다. 선생님 같은 사람들이 존재하기 때문에 지속적으로 만들어지는 것이겠지만 머지않아 공룡처럼 사라질 것이라 생각했다. 어느새 시간은 30분이 지나고 있었다. 물론 내 알 바 아니었다. 아니, 바라던 바였다.

정신없이 걷다보니 우리는 어느 낯선 동네의 낯선 거리를 걷고 있었다. 처음엔 "이제 가야 하는 거 아냐? 선생님한테 혼나는 거 아냐?"하며 별 관심도 없는 얘길 성질 나쁜 앵무새처럼 자꾸만 하던 친구는 더 이상 말이 없었다. 포기한 것이라기보단 모험을 즐기게 된 것일지도. 아니, 그것은 어디까지나 나의 생각이다. 친구는 일시적 공황 상태였을지도 모른다. 아니면 나에게 끌려다니는 와중에 스톡홀름 신드롬 같은 것에 빠지게 되었던 건 아닐까? 그러거나 말거나 운 좋게도 들르는 슈퍼마다 계피맛 사탕이 없다는 사실에 나는 기뻤다. 하지만 그것도 한때. 어딘지도 모를 동네의 낯선 슈퍼에서 문득 시계를 보니 벌써 한 시간이 지나 있었다. 슬슬 돌아갈 때였다. 혼나는 것이 두렵다기보단 다리가 아팠다.

체념한 듯 "이제 갈까?"하고 내가 말하자 친구는 고개를 끄덕였다. 슬픈 듯 기쁜 표정이었다. 무슨 마음인지 조금은 알 것 같았다. 나는 사탕 진열대에서 스카치 캔디를 한 봉 집어 "이거 주세요." 했다. 주인아저씨는 "이건 계피 사탕이 아닌데?"라고 물었다. "상관없어요." 나는 대답했다. 빈손으로 돌아갈 수는 없는 노릇이었다. 스카치 캔디는 내가 좋아하는 것이기도 하니 문제 될 것도 없었다.

"계피맛 사탕은 없다고 해서요."

거진 두 시간 만에 나타나 스카치 캔디 봉지를 내미는 나를 선생님은 가만히 바라볼 뿐 아무 말도 하지 않았다. 유괴되거나 미아가 되는 사건으로 끝나지 않았다는 것에 안도한 것일지도 모르겠다.

선생님은 가만히 사탕 봉지를 뜯어 반 아이들에게 하나씩 나눠주었다. 어쩐지 시무룩한 표정이었다. 좋아하는 계피 사탕이 아니기 때문이겠지. 아니면 선생님은 스카치 캔디를 좋아하지 않는 것일지도 모른다. 어른이 되면, 달콤한 스카치 캔디보다 쌉싸름한 계피 사탕을 좋아하게 되는 걸까. 그렇게 생각하니 어른이 되는 것은 가여운 일이었다. 언제까지고 이 부드러운 달콤함을 즐기며 살 수 있다면 좋을 텐데.

참고로 나는 스카치 캔디 중 바나나맛을 좋아한다. 버터 맛이 가장 별로다.

수능 이후의
세계

나는 공부를 못하는 학생이었다. 그저 그런 수준이 아니라, 못했다. 고3 때 반 정원이 61명이었는데 그중 58등이었다. 내 뒤 두 명은 농구부였고, 한 명은 단란주점에 다닌다는 소문이 있는 여자애였다. 셋 다 학교에 잘 안 나왔다. 나오는 애들 중엔 내가 꼴찌였다.

아니, '못했다'라는 말로는 충분하지 않다. 순수하게 공부를 안 했다. 수업 시간엔 주로 잠을 잤다. 가끔 수업을 안 들어갈 때도 있었다. 그럴 땐 기자재를 넣어두는 창고에서 잠을 잤다. 오락실을 가거나 뒷산에 올라가 있을 때도 있었다. 가끔 대낮에 학교 근처에서 만화책을 보고 있다 동네 어른들에게 목격되기도 했다. 특별한 비행을 저지르거나, 방황을 하지는 않았다. 살아만 있었다.

대부분의 친구들은 대입 수능을 준비했다. 초등학교 때부터 꾸준히 문제아였던 친구도 갑자기 공부를 시작했다. 경찰행정학과를 목표로 했는데, "경찰서를 들락날락하다보니 경찰이 되고 싶어졌어."라는 것이 그 이유였다. 와중에도 나는 무언가 관심을 가지고 집중하는 대상이 없었다. 그나마 열심히 했던 것은 평행봉이었다. 체육특기생은 아니었다. 그냥 평행봉을 열심히 했다.

학교에서 많이 자기 때문인지 밤엔 잠을 자지 않았다. 책을 읽을 때도 있었고, 노래를 들을 때도 있었으며, 만화책을 보기도 했다. 공부만은 하지 않았다. 그렇게 시간을 때우다 동이 틀 무렵 교복을 입고 학교에 갔다. 아직 교문은 열지 않은 상태였기 때문에 담을 넘어 들어가야 했다. 그리고, 한쪽에 교복 상의를 벗어놓고 평행봉을 했다. 전문적인 기술을 연마하거나 한 것은 아니다. 어느 동네 약수터에서나 쉽사리 목격할 수 있는 평행봉 할아버지들처럼 몸을 앞뒤로 흔들며 오르락내리락하는 운동을 했을 뿐이다.

왜 그랬을까. 한 5, 6년에 한번쯤 생각해보곤 하는데, 전국의 수많은 고3 학생들이 열심히 공부하고 있는 만큼 평행봉을 열심히 하는 것으로 위안을 얻으려고 했던 것 같다. 상식적으로 말이 안 되지만 어리석은 사람이 어리석은 짓을 하는 과정은 무릇 이런 법이리라.

한참을 평행봉 위에서 대롱거리다보면 멀리서 동이 터왔다. 왠지 뿌듯한 기분이 들곤 했다. 남들이 보면 한심한 모습이었겠지만, 그랬다.

　간단히 수돗물로 몸을 닦은 뒤엔, 교실로 들어가 책상을 모아놓고 드러누워 잠을 잤다. 텅 빈 교실의 적막함이 좋았다. 깨어나보면 수업이 끝나 있었다. 선생님들은 대체로 나를 깨우지 않았다. 주변의 아이들이 깨우려 들면 "그냥 자게 둬라."고 말렸다고 한다. 바다 위를 둥둥 떠다니는 아무짝에도 쓸모없는 해초와 다를 바 없는 삶이었다. 먹을 수도 없고, 보기 예쁘지도 않다. 베어내려면 몸이 젖을 것을 감수하고 물속으로 들어가야 한다. 그럴 만한 가치가 없기 때문에(심지어 해를 끼치지도 않으니), 그냥 안 보이는 곳으로 밀쳐두는 그런 해초.

　"네가 갈 수 있는 대학은 없다."

　수능 결과가 나온 뒤, 진학 면담 때 담임선생님이 말했다. 전혀 놀랍지 않았다. 그 사실은 진작에 알고 있었다. 공부 대신 평행봉만 열심히 했는데 갈 수 있는 대학이 있다면 그게 이상한 것이다. 어떤 의미에서는 공교육의 실패다. 이 나라 입시 제도의 주목적인 열등생 솎아내기를 못 했다는 것이니까. 뒤늦게 체대를 지망할 수도 없었다. 평행봉을 열심히 했다곤 하지만 어디까지나 대롱거리는 것만 할 줄 알 뿐, 특별한 기술 같은 것은 하나도 없었다. 그것만으로 들어갈 수 있는 대학이 있을 리가. 체대 입시엔 이런저런 다른 평가 항목들이 많았고, 나는 그 모든 것들에 성과가 좋지 않았다.

"그럼 저는 어떻게 해야 하죠?"

담임선생님에게 물었다. 백발에 안경을 쓰고 인자하게 웃는 모습 덕에 'KFC 할아버지'라고 불리던 선생님은 싸늘한 눈으로 나를 바라보며 말했다.

"그걸 내가 어떻게 아냐."

결국, 내가 제일 열심히 했던 것은 평행봉이 아닌 현실 외면이었다. 그래서 이도 저도 되지 못했고, 과정 중에 얻은 것도 없었다. 팔근육이 조금 탄탄해지긴 했지만, 누가 어느 대학을 붙었네 마네 하는 와중에 그런 건 아무에게도 자랑할 수 없었다. 그제야 나는 진지하게 생각했다. 아무래도 망한 것 같은데.

짐작은 했었다. 어른이 된 내가 고를 수 있는 선택지가 많지 않으리라는 것을. 하지만 그 얼마 없는 선택지가 뭔지 미처 보지도 못한 상황에서 이렇게 날려버릴 줄은 몰랐다. 그것도 내 손으로 직접. 손에 잡힐 듯 선명히 불타오르는 미래가 보였다. 어차피 변변찮은 미래였겠지만, 그것마저 속절없이 재가 되어 날아가고 있었다. 안타깝게도, 그 와중에도 하고 싶은 것도 되고 싶은 것도 없었다.

부모님이 알고 있는 모든 대학에 갈 수 없다는 것이 기정 사실화되었을 때 아버지는 내게 러시아로 가지 않겠냐고 했다. 러시아어를 배워서 게라도 팔아보라는 것이었다. 나는 싫다고 했다.

그 무렵 부모님이 하시던 가게는 망한 상태였다. 원래도 돈을 많이 벌지 못했던 동네 떡집이었지만, IMF의 여파로 사람들이 돈을 아끼기 시작하자 본격적으로 망했다. 어머니는 한 장에 10원 하는 팬티 실밥 뜯기를 했고, 하루 수입이 5천 원 미만인 날들이 계속됐다. 어느 날부터 어머니는 팬티 실밥 뜯기를 그만두었다. 이윽고 먹는 것도, 자는 것도 그만두시더니 울기만 했다. 우울증에 걸린 것이다.

그래도 '어찌 됐든 대학은 가야 할 것 같은' 느낌이라 가볼 만한 대학을 고르고 고르다 경기도에 있는 한 대학에 원서를 넣기로 했다. 부모님에게는 주간 대학에 지원한다고 했는데 사실 주간은 택도 없어서 야간에 지원할 속셈이었다. 혼자 원서를 넣을 계획이었는데 아버지가 같이 가자고 했다.

함께 차를 타고 가는 동안 아버지는 별말이 없었다. 나는 이 난관을 어떻게 타개해야 하는가 고민만 하고 있었다. 아버지 몰래 야간 대학에 넣어야 하는데 별다른 묘책이 없었다. 딱히 떠오르는 것도 없이 어느새 학교에 도착해버렸다.

천만다행으로 사람이 많았다. 줄이 너무너무 길고 혼잡했다. 회심의 미소를 숨긴 채 아버지에게 말했다. "아빠, 사람이 너무 많아. 시간이 오래 걸릴 것 같으니까 나 혼자 넣고 갈게. 먼저 가셔." 아버지는 내키지 않는 표정으로 알았다고 하며 돌아갔다.

주간 줄에 서 있던 나는 그제야 야간 줄로 옮겨 한참을 기다렸다. 야간 대학인데도 이렇게 지원자가 많은 걸 보면 나쁘지만은 않은가보다 하고 안심했다. 그때였다. 이상한 느낌이 들어 뒤를 돌아보니, 주간 줄에서 나를 찾고 있는 아버지가 보였다.

후줄근한 옷을 입어 꾀죄죄한 아버지는 까치발을 한 채 영문을 모르겠다는 표정으로 사람들 속에서 한참을 기웃거리고 있었다. 사람들 사이에 섞여 있으니 그 모습이 한층 초라해 보였다. 아버지는 저 앞, 주간 원서 접수 줄 어딘가에 있을 당신의 큰아들을 찾고 있는 것이었다. 나는 야간 접수 줄에서 그런 아버지를 바라보고 있었다. 얼마 안 있어 두리번거리던 아버지와 시선이 마주쳤다.

아버지는 내가 살면서 처음 보는 표정을 지었다. 입을 살짝 벌리고, 미간을 약간 모았으며, 눈동자에는 의아함이 가득했다. 있을 거라 생각지 않은 곳에서 있을 리 없는 사람을 본 것에 당황한 표정이었다. 나는, 그 순간 나는, 어떤 얼굴을 하고 있었을까. 기억나지 않는다.

아버지의 그 황망한 표정을 나는 아직도 잊지 못한다. 무언가 큰 죄를 진 기분도 들었다.

아버지는 아무 말도 하지 않았다. 집으로 돌아오는 내내 어색한 침묵만 이어졌다. 그러다 갑자기 하하하 하고 웃었다. 어떤 의미인지 알 수 없는 웃음이었다. 나도 쪼다같이 따라 웃었다.

불행인지 다행인지 나는 그 대학에 서류 합격을 했고, 면접을 보게 되었다. 면접은 학생 세 명을 교수 한 명이 보는 식으로 진행됐다. 내가 지원했던 곳은 국제학부인가 뭐 그런 곳이었다.

교수가 내게 물었다. "세부 전공은 뭘 하고 싶은가?" 나는 "영문학을 하고 싶습니다."라고 대답했다. 순간 면접실에 정적이 흘렀다. 교수와 다른 면접자는 당황한 표정으로 나를 바라봤다. 내가 무슨 잘못을 한 것인가? 알 수 없었다. 불길한 침묵이 교수실 안에 가득했다. 무엇을 잘못했는지 몰라 더더욱 불길했다. 네 시간 정도(실제론 4초 정도)의 침묵이 흐른 뒤, 교수가 말했다.

"우리 학부에 그런 과는 없네."

인중에 식은땀이 맺혔다.

"그럼, 일문학을."이라고 나는 재치있게 얼버무렸다. 교수는 "그런 과도 없네."라고 했다. 정수리 부근이 쭈뼛거렸다.

옆자리에 앉아 있던 학생 둘이 고개를 돌려 나를 쳐다보는 것이 느껴졌다. 나도 그들을 바라보았다. 둘은 나보다 더 놀란 것 같았다.

그렇게 면접이 끝났고, 믿기지 않지만 합격했다. 나도 이해할 순 없지만 그랬다. 지금도 이해가 안 간다.

결과적으로 그 대학은 다니지 않았다. 경기도 어딘가의 다른 대학을 보름 정도 다니다 그만두었다. 재수를 하기로 했다. 좋은 대학을 가고 싶었다기보단, 아버지에게 죄스러운 마음이 컸다.

어머니는 계속 울었다. 큰아버지에게 빌려 낸 등록금이 아까웠을지도 모르겠다. 아버지는 역시나 별말이 없었다. 나는 평생 처음으로 공부란 걸 시작했다. 함수가 뭔지 그때 처음 알았다. X=2라는 것이 무슨 뜻인지 스무 살때 알았다는 말이다.

공부는 나름 열심히 했다. 하지만 괴로운 시간이었다. 어머니는 내내 울거나 욕을 했고, 동생은 학교를 잘 안 갔으며, 아버지는 그동안에도 말이 없었다.

1년이 흐르고 수능을 보았다. 운 좋게 서울에 있는 대학에 합격했다. 아버지는 조금 실망한 것 같았는데, 나중에 어머니에게 들은 얘기론 당시 아버지가 혼자 전화로 합격을 확인하고 그렇게 기뻐했단다.

벌써 20여 년 전의 일이다.

그 사이 많은 일이 있었다. 대부분은 당시 염려하던 것과 동떨어진 방향으로 흘러갔다. 우여곡절 끝에 들어간 대학에 다니다 전공과는 전혀 상관없는 회사에 입사했다. 그리고 단 한번도 생각해본 적 없는 업무를 맡았으며, 그마저도 얼마 되지 않아 그만두었다. 이후엔 어쩌다 만화를 그리게 되었고, 지금은 이렇게 글을 쓰고 있다. 도무지 맥락이란 것이 없는 세월이었다.

시간이 많이 흘렀지만, 지금도 가끔 뒤에서 나를 찾던 아버지의 모습이 떠오른다. 그리고 그때의 부끄러웠던 느낌이 되살아난다. 더 이상 내 뒤에서 내가 어디 있나 찾아보진 못하지만, 지금도 여전히, 실제는 기대에 못 미치는 모자라고 못난 자식이지만 어디선가 아버지가 더 나은 모습의 나를 기대하며 찾고 있을 거란 생각으로 살고 있다. 이미 돌아가셨지만, 그래도.

어찌 됐든, 타임머신이 있어 그 시절의 나를 만날 수 있다면 말해주고 싶다. 수능을 마친 시점에서 생각하는 것만큼 너는 쉽게 불행해지거나, 순순히 행복해지지 않을 거라고. 인생은 그저 맥락 없이 흘러갈 뿐이다.

나의
작은 외삼촌

나의 작은 외삼촌은 키가 크고, 머리가 굉장히 작았다. 늘
웃음이 많고, 농담도 잘했다. 큰 외삼촌이 하던 섀시 공장에
서 일했는데, 허풍도 많고, 늘 유쾌해서 좋아했다.

작은 외삼촌댁에 놀러 가면 좋았다. 작은 외삼촌은 돈을
주며 보고 싶은 비디오도 빌려 오게 하고, 맛있는 것도 많이
사주었다. 우리(나와 동생과 사촌 여동생들)는 주성치의 파괴지
왕을 보며 방바닥을 뒹굴고 웃었다.

한번은 작은 외삼촌의 딸이 아직 유치원도 다니기 전에
땅바닥에 떨어진 콩을 (이유는 모르겠지만) 자기 콧구멍에 쑤
셔 넣고 울고 있었다. 다들 어찌해야 할지 몰라 발을 동동 구
르고만 있는데, 외삼촌이 어린 딸의 콧구멍을 힘껏 빨아 콩
을 빼낸 적이 있다. 콩과 함께 코딱지도 왕창 나왔다. 꼭 올갱
이 같았다.

작은 외삼촌에게 한 가지 흠이 있다면 술을 많이 마신다
는 것이었다. 식사를 할 때마다 "반주를 해야지." 하면서 소
주를 한 병씩 마셨다. 자주 술에 취했고, 눈이 붉게 충혈되어

있는 때가 많았다. 큰외삼촌의 사업이 IMF 즈음해서 안 좋아지자 작은 외삼촌은 술을 더 자주 마셨다.

우리는 작은 칼국수집을 하고 있었다. 작은 외삼촌은 가끔 술에 취해 우리 집에 오곤 했다. 그럴 때면 어머니는 마주치기 싫다고 피했고, 술도 못하는 아버지가 작은 외삼촌을 상대해주었다. 작은 외삼촌은 일어서기 힘들 정도로 술을 마시곤 했다.

어머니와 아버지는 초등학교를 다닐 때부터 서로를 알고 있었으므로 작은 외삼촌도 아주 어릴 적부터 아버지와 알고 지냈다. 작은 외삼촌은 그 옛날, 외할머니가 아버지와 어머니의 교제를 반대하자 두 사람 사이에서 편지를 전달해주던 이야기를 해주곤 했다.

당시 나는 사람도 오지 않는 홈페이지를 하나 만들어놓고 혼자 끄적끄적 글을 쓰면서 대학을 다니고 있었다. 어느 날 작은 외삼촌이 뜬금없이 "너 홈페이지 봤는데. 아, 좋더라. 글이 너무 쉬워. 술술 읽혀서 좋아."라고 말했다. 너무 의외라 놀랐다.

아마도 홈페이지 주소는 아버지가 알려줬겠지. 아버지도 안 보는 척하면서 보고 있었으니까. 어쩌면 아무도 안 오던 홈페이지는 아버지와 작은 외삼촌만 보던 것일지도 모르겠다. 여하튼, 평생 책 한 권 안 읽었을 것 같은 작은 외삼촌에게 칭찬을 받아 좋았다.

그러다 어머니를 통해 작은 외삼촌이 요양원에 들어갔다는 이야기를 전해 들었다. 알콜 중독이라고 했다. 예상 못 한 것은 아니었지만, 적잖이 놀랐다. 조용한 성격의 작은 외숙모는 우리 가게에서 서빙 일을 도와주곤 했는데 여전히 말이 없었다.

작은 외삼촌의 요양원 생활은 쉽게 끝나지 못했다. 치료가 끝났다고 퇴원하면 집에 돌아오기도 전에 만취해 골목에 쓰러져 있는 일도 있었다. 그러면 다시 요양원으로 돌아가야 했고, 다시 상태가 좋아져 돌아오면 또 술에 취하는 것의 반복이었다.

어느 날 밤이었다. 가게 문을 닫고 가게 2층에 있던 집에 자려고 누워 있는데 가게 문을 두드리는 소리가 들렸다. 내려가보니 몇 년 만에 보는 작은 외삼촌이었다. "문 좀 열어줘. 문 좀 열어줘."라며 작은 외삼촌은 가게 문을 힘없이 두드렸다.

문을 열자 과거의 키 크고 잘 웃고 유쾌했던 작은 외삼촌

대신 작고 앙상하고 불안에 떨고 있는 사람이 비틀거리며 들어왔다. "이 밤중에 어떻게 된 거야?"하고 어머니가 묻자 "응, 퇴원했어."라고 작은 외삼촌이 말했다.

일단은 작은 외삼촌을 가게 한편에 앉혀두고 아버지가 칼국수를 끓여 왔다. 작은 외삼촌은 지푸라기를 엮어 만든 것 같은 팔로 수저를 들고 국물을 천천히 떠먹었다. 어머니가 작은 외숙모에게 전화를 하니 요양원에서 도망친 것 같다고 했다.

작은 외삼촌은 아버지에게 "매형, 나 이제 다 나았대요. 괜찮대요."라고 힘없는 소리로 말하며 웃었다. 눈동자가 붉고 축축했다. "응." 하고 아버지가 말하자, 작은 외삼촌은 국물을 몇 숟가락 더 뜨더니 나를 불렀다. "야, 외삼촌 소주 한 병 좀 줘라."

"술은 마시지 마." 아버지가 말렸다. "아, 매형. 왜 이래요. 나 괜찮다니까." 나는 술을 가져오지 않았다. 작은 외삼촌도 단념한 건지 잊은 건지 더 찾지 않았다. 칼국수 국물만 숟가락으로 떠 마셨다.

노인처럼 작게 오므라든 작은 외삼촌은 그렇게 한참을 앉아 있다 눈을 감고 "아, 피곤하다. 매형. 나 좀 쉴게요." 하더니 벽에 등을 기대었다. "올라가서 자. 여기 추워." 아버지는 나에게 외삼촌을 업으라고 했다.

나는 외삼촌에게 다가갔다. "그래요. 올라가서 주무셔." 작은 외삼촌은 말이 없었다. 외삼촌의 손을 잡고 일으켜 세우는데, 분명히 사람의 모습을 하고 있음에도 무게가 느껴지지 않아 깜짝 놀랐다. 수수깡으로 만든 인형 같았다. 무엇이 외삼촌을 이렇게 만든 것일까. 무엇이 외삼촌에게서 빠져나간 것일까.

작은 외삼촌을 업고 계단을 올라가던 기분이 지금도 생각난다. 솜이 다 빠져 거죽만 남은 인형을 등에 업은 것 같았다. 방에 외삼촌을 내려놓을 때는 외삼촌이 날아가는 건 아닌가 싶었다.

다음 날 작은 외삼촌은 다시 요양원으로 돌아갔다. 벌써 7, 8년은 된 이야기다. 작은 외삼촌은 가끔 요양원 안에서 전화를 걸어 아버지를, 혹은 어머니를 찾았다. 나는 그때마다 두 분 다 안 계시다고 거짓말을 했다. 작은 외삼촌은 아버지는 건강하시냐고 매번 물었다.

작은 외삼촌은 아직도 요양원에서 지낸다. 지금도 상황은 비슷하다고 어머니에게 전해 들었다. 나는 그때나 지금이나 글을 쓸 때마다 작은 외삼촌이 읽어도 이해할 수 있는 글을 쓰려고 노력한다. 책 한 권 읽지 않던 작은 외삼촌도 술술 읽을 수 있는 글을 쓰고 싶다. 그래서 언젠가 작은 외삼촌이 지긋지긋한 요양원 생활을 그만두고 돌아왔을 때 읽고 "야, 그래. 재밌다. 술술 읽히네." 하고 다시금 나를 칭찬해줬으면 좋겠다.

작은 외삼촌은 요양원을 벗어나지 못한 채
작년에 돌아가셨다.
외삼촌이 다시 내 글을 읽지 못한다는 걸
생각하면 아쉽다.

말벌의 비행

얼마 전 인터뷰 때 "살아가는 것이 무섭지 않나요?"라는 질문을 받았다. 무섭다. 평생 해온 게 살아가는 것이었는데도 내일 또 살아가야 하는 건 무섭다. 아무리 만반의 준비를 해도 어그러지기 일쑤고, 실패를 많이 겪어왔어도 매번 새롭다. '그럴 때 어떻게 버티는가'가 질문의 요지였다.

나는 "말벌 통을 박살 냈을 때를 떠올립니다."라고 답했다.

헝가리에서 있던 일이다. 당시 나는 자전거를 타고 여행했다. 자전거로 유럽 횡단을 한 건 아니고, 장거리는 자전거를 싸 들고 버스나 기차를 타고, 한 도시에 머물 때 대중교통 대신 자전거를 탔다. 그게 뭐가 자전거 여행이냐고 할 수도 있지만, 그렇다고 전혀 아닌 건 또 아니니까.

그날은 부다페스트에 도착한 지 얼마 되지 않았을 때였다. 아침부터 밤까지 도시 곳곳을 할 일 없이 돌아다니기만 하는 게 주요 일과였다. 박물관을 간 것도 아니고, 유적지를 가지도 않았다. 그런 곳에 가려면 자전거를 세워두어야 하는데 누군가 훔쳐갈까 걱정됐기 때문이다. 그저 부지런히 달려 박물관

앞까지 가서 '음, 여기가 박물관이군' 하고는 다시 미술관을 향해 자전거를 타고 달렸다. 미술관 앞에서도 역시 '음, 미술관이네. 훌륭한 작품이 많겠지?' 하고는 다른 곳으로 향했다.

당연히 식당도 가지 못했다. 노점에서 선 채로 뭔가를 먹거나 마트에서 빵을 사다 먹었을 뿐이다. 빵을 사는 사이에도 자전거를 도둑맞을까 연신 힐끔힐끔 창밖을 살폈다. 정말 걱정스러울 때는 자전거 앞바퀴나 안장을 빼 들고 장을 봤다. 사람들이 오가는 길가에서 꾸물꾸물 자전거를 분해하고 조립하는 건 이래저래 피곤한 일이었다.

도시와 도시를 오가는 기차에서는 구입한 좌석을 두고도 자전거를 둔 짐칸에 쭈그려 앉아 있었다. 자전거 때문에 뭐 하나 제대로 할 수 있는 게 없는 괴롭기 짝이 없는 날들이었다. 슬슬 '차라리 누가 훔쳐가버리면 좋겠다'는 생각도 들기 시작했다.

그런 애증의 자전거를 타고 부다페스트 중앙역 앞 쭉 뻗은 8차선 대로를 지나가고 있었다. 즐거운 척이라도 해보려 휘파람을 불며 페달을 밟고 있는데, 저 앞쪽에 검은 안개 같은 것이 보였다. 그 옆으로는 무언가를 피하려는 듯 허둥대는 사람들이 보였다. '글루미 선데이'의 나라답게 늘 시무룩

한 헝가리 사람들이 저렇게 생기있는 모습이라니 무슨 일이 벌어진 건가? 하는데 뭔가가 '툭' 하고 어깨에 부딪혔다. 뭔가 싶어 힐끔 곁눈질로 살펴보니 엄지손가락만 한 말벌이 옷에 붙어 있었다.

사람은 평소에 뇌의 기능을 20퍼센트밖에 사용하지 못하는데, 위기 상황에선 잠들어 있던 80퍼센트의 기능을 사용한다는 말이 사실인 것인지, 그 찰나의 순간이 정지 영상처럼 보였다. 매끈하고 단단해 보이는 말벌의 몸통이, 내 옷을 단단히 붙잡고 있는 다리가, 전투적으로 생긴 턱이 구글로 검색한 사진을 확대한 것처럼 아주 세밀하게 눈에 들어왔다.

그리고 다음 순간, 조금 앞선 곳에 호박만 한 벌집이 떨어져 있는 것이 눈에 들어왔다. 부다페스트는 2차세계대전 당시 독일과 러시아로부터 공격을 받았는데, 그 흔적이 아직 많은 건물에 선명히 남아 있다. 주워들은 얘기론 정부에서 외관 수리를 제한하고 있어 그렇다는데, 자세한 내막은 모른다. 척 보기에도 그런 오래된 건물이 많았고, 더러는 벌집이 매달려 있는 것을 본 기억이 났다. 그리고 그중 하나가 무게를 감당하지 못하고 떨어져버린 것이다. 이 모든 생각이 0.5초 만에 떠올랐다. 거짓말 같지만 사실이다. 나는 거짓말을 할 줄 모른다. 이 역시 거짓말 같지만 사실이다.

어쨌든 그런 연유로 그곳에 있을 것이라 짐작되는 벌집은 앗! 하는 사이에 자전거 앞바퀴에 밟혀 일도양단이 되었다. 방향을 틀어야 한다거나, 멈춰야 한다는 생각은 하지 못했다. 머릿속에서 '피할 수 없으면 즐겨라'라는 말이 문득 떠올랐다. 아니, 이건 솔직히 거짓말이다. 사실은 아무 생각이 없었다.

자전거 앞바퀴로 벌집이 밟혀 들어가며 '콰직!'하는 느낌이 핸들을 통해 손으로 느껴짐과 동시에 나는 검은 안개 같은 말벌 무리 속으로 질주해 들어갔다. 투툭 툭 투툭 탁탁 하고 말벌의 만질만질하고도 딱딱한 껍데기가 얼굴과 반팔 반바지 아래 노출된 팔과 다리에 부딪히는 것이 느껴졌다. 귓가엔 붕붕거리는 날갯소리가 들려왔다. 몇 마리인가 옷에 달라붙은 느낌도 들었다.

주변 행인들은 경악하는 표정으로 나를 바라보았다. 자전거를 타고 바람처럼 달려와 망설임 없이 벌집을 짓밟고 말벌 무리 사이를 통과하는 크레이지한 아시아인 청년을. 실로 광란의 질주였다.

죽을힘을 다해 페달을 밟았다. 어떻게든 빨리 달려야 한다는 생각뿐이었다. 벌이 입으로 들어올까 입은 꾹 다문 상태였지만, 머릿속으로는 계속 '으아아아아아아아!' 하고 비명을 지르고 있었다. 유치환 시인이 '깃발'이라는 시에서 '소리 없는 아우성'이라는 말로 요란하게 나부끼나 소리는 없는 깃발의 모습을 표현했는데, 그때 나의 모습을 시인이 보았다면 '이것이야말로 진정 소리 없는 아우성!'이라고 하지 않았을까. 정말이지 나는 내적 지옥에 빠진 채 마음속으로 비명을 지르며 달려오는 차도, 신호도 무시하고 달렸다.

죽고 싶지 않았다. 아니, 말벌에게 쏘여 죽는 것보단 차에 치여 죽는 게 나을 것 같았다. 내가 이렇게 자전거를 빠르게 탈 수 있나 놀랄 정도로 쌩쌩 달렸다. 다시 말하지만 인간은 자신의 잠재력을 평소 20퍼센트밖에 사용하지 못하는데 위기의 순간엔 나머지 80퍼센트가 기능을 발휘한다는 것이 사실인지, 당시의 속력은 체감하기론 음속을 돌파한 것 같았다. 심정적으론 그랬다. 광속까진 아니었다. 솔직히.

한참을 달려 스트립 클럽이 있는 골목에 숨어 몸을 살펴보았다. 달라붙은 벌은 한 마리도 없었고, 다행히 쏘인 곳도 없었다. 한참을 숨어 혹시라도 쫓아오는 녀석이 있을까 기다렸다. 벌들은 페로몬 같은 것으로 서로 흔적을 남긴다는 얘기를 어디선가 보았다. 그러나 쫓아오는 벌은 없었다.

누군가 나를 보고 웃었다. 스트립 클럽 문지기들이었다. 웃음이 날 수밖에. 자전거를 타고 미친 듯이 달려와 갑자기 골목에 숨어 몸 여기저기를 살핀 뒤 공포에 질린 표정으로 골목 밖을 기웃거리는 내 모습은 아무리 봐도 정상이 아닐 테니까. 아무것도 아닌 척 담담하게 웃으며 자전거를 세워두고 여유롭게 스트립 클럽에 들어가진 못했다. 말벌이나 스트립 클럽이나 두렵긴 마찬가지였다.

며칠 뒤 자전거는 팔아버렸다. 말벌이 페로몬 같은 걸로 알아볼까 싶어서다. 판 돈으론 중고 전자기타를 샀다. 딴에는 (전자기타를 칠 줄도 모른다는 사실은 별개로) 유럽을 떠돌며 버스킹을 해볼까 한 것인데, 앰프가 없으면 소리가 나지 않는다는 사실을 구입 후에야 알았다. 결국 나는 약 한 달 뒤 불가리아에 갈 때까지 전자기타를 들고만 다녔다. (불가리아 중고 전파상에서 5만 원 주고 휴대용 앰프를 샀으나, 사용할 줄 몰라 역시나 들고만 다녔다는 것은 별개의 이야기)

살면서 예측하지 못한 시련에 부딪혀 고난을 겪을 때마다, 나는 '말벌통을 박살낸 것에 비하면 아무것도 아니다' 하고 생각한다. 그렇게 생각하면 정말 대부분의 일은 아무것도 아닌 것 같다. 정말로.

슬렁슬렁
마라톤

'올해의 목표'를 정하는 나쁜 습관이 있었다. 특별한 것은 아니고 '살 빼기', '성공하기' 같은 허황된 것이었는데, 대부분 이룰 수 없었다. 이루기는커녕 봄이 지나기도 전에 '벌써 시간이 이렇게 되다니 늦어버렸네. 지금은 상황이 안 좋으니 어쩔 수 없지' 하는 식으로 적당히 타협하고 내년을 기약했다. 매년 그러다보니 '올해의 목표'를 정하고 신속히 포기하는 것이 일종의 연례행사처럼 되어버렸다. 그래서, 나쁜 습관을 그만뒀다.

대신 '올해가 지나면 다시는 할 수 없는 것들'의 리스트를 만들기 시작했다. '그게 그거 아닌가' 싶지만 엄연히 다르다. 예를 들어 '올해엔 마라톤을 한번 뛰어봐야지' 하는 것이 전자라면, '내년엔 고관절이 노화되어 마라톤을 할 수 없을 테니, 반드시 올해 해야지'하는 것이 후자다. 예를 들어봤자 결국 거기서 거기 아닌가 싶지만, 다르다.

마라톤을 뛰게 된 것은 그런 이유에서다. 스물일곱이 되던 겨울이었다. 고작 그 나이에 고관절을 걱정하는 건 엄살이 아닌가 싶지만, 나는 진지했고 그래서 당장 가까운 시일에 열리는 마라톤 대회에 참가 신청을 했다. 풀코스를 뛸 엄두는 나지 않아 10킬로미터짜리 코스를 선택했다. 준비 같은 것은 없었다. 하루라도 빨리 마라톤을 하지 않으면, 영원히 뛸 수 없을 것이라는 위기감만 있었다.

드디어 대회 당일인 토요일. 새벽에 일어나 평소 입던 운동복에 운동화를 신고 대회가 열리는 장소로 향했다. 진눈깨비가 날리고 있었고, 추웠다. 그럼에도 사람들은 엄청나게 많았다. 난생처음 마라톤 대회에 참가한 나는 도대체 어떤 사람들이 한겨울 새벽부터 달리려고 제 발로 왔는가 싶어 두리번거리며 사람들을 살폈다.

가장 많이 보이는 무리는 배불뚝이 아저씨를 둘러싼 젊은 사람들이었다. 배불뚝이 아저씨가 뭔가 시답잖은 농담을 하면 젊은 사람들은 전혀 즐겁지 않은 얼굴을 한 채 큰 소리로 억지 웃음소리를 내고 있었다. 회사 단체 참가자들이었다.

그 다음으로 많이 보이는 것은 머리부터 발끝까지 전문적인 복장을 한 채 워밍업을 하고 있는 동호회 사람들이었다. 하나같이 군살이 없고, 겨울인데도 피부가 검게 탄 모습이었다.

커플 참가자도 많았다. 꽃놀이라도 나온 듯 서로를 끌어안은 채 무언가를 속삭이고 있었다. 아마 마라톤 내내 손을 잡고 뛰겠지. 그러다 한쪽이 지치면 함께 보조를 맞춰 걸을 것이다. 자연스레 마라톤은 데이트로 변하고. 부러웠다.

고독한 러너들도 많았다. 혼자 왔기 때문인지 즐거워 보이는 사람은 없었고, 별로 오고 싶지 않았다는 표정을 한 채 비장하게 초코바 같은 것을 꺼내 우물우물 씹거나, 이어폰을 귀에 꽂고 염불 같은 것을 중얼거리며 스트레칭을 했다.

나는 어땠냐면, 생각 없이 가져온 두껍기만 한 지갑을 주머니에 넣은 채 뛰어야 한다는 것을 뒤늦게 깨닫고 난감해하고 있었다. 지갑엔 뛰다가 힘들면 택시 타고 올 돈 5천 원이 들어 있었다. '이럴 줄 알았으면 그냥 돈만 가져오는 건데!'라고 생각했지만 늘 그렇듯 뒤늦은 후회였다.

탕!

어디선가 출발을 알리는 총소리가 울렸다. 그러자 사람들은 웅성거리며 슬슬 움직였다. 그 모습은 출근 시간 사당역 2, 4호선 환승 장면과 비슷했다. 상상했던 것처럼 우르르 달려 나가는 사람은 보이지 않았다. 다들 많이 여유로워 보였다. 사실 별로 뛰고 싶지 않은 건 아닌가, 싶을 정도로.

마라톤은 고통스러웠다. 고작 10킬로미터였지만 운동화 끈이 두 번 풀려서 심장이 터질 것 같은 와중에 쪼그려 앉아 묶어야 했고, 두 번 다 일어날 때마다 현기증을 느껴 '그만 택시 타자' 싶었다. 하지만 수염을 허리까지 기른 대머리 할아버지 마라토너와, 커다란 지팡이를 들고 삿갓을 쓴 채 '강화도 홍삼'이라고 적힌 도포를 휘날리며 쌩하고 나를 스쳐 가는 김삿갓 마라토너 때문에 포기하지도 못했다. 왜인지는 모르지만 승부욕이 생겼다. 다른 사람은 몰라도 저렇게 큰 지팡이를 들고 삿갓까지 쓴 사람에게 지는 건 싫었다. 그러나 그런 복장을 하고 뛰는 사람은 그럴 이유가 있었다. 강화도 홍삼은 축지법을 쓰는 것은 아닌가 싶을 정도의 맹렬한 속도로 점이 되어 시야에서 사라졌다.

그래도 달렸다. 얼마 뛰지도 않았으면서 중간에 놓인 음료수도 마셨다. 다들 달리면서 마시길래 나도 따라 했다가 사레가 들려 음료수를 뿜었다. 음료수를 나눠주던 봉사자들이 그 모습을 보며 안쓰러운 표정을 지었다. 애써 괜찮은 척 하고 달렸지만 콧구멍으로 음료수가 줄줄 흘렀다. 바나나도 먹었다. 오래 달리다보면 기운이 빠지는 사람들을 위해 나눠주는 것이다. 사실 나는 먹을 필요가 없지만, 기왕 뛰는 거 할 수 있는 건 다 해보기로 했다. 하지만 이번엔 달리면서 먹는 건방진 짓은 하지 않았다. 바나나가 놓인 진열대 앞에 서서 바나나를 손에 들고 껍질을 까 천천히 꼭꼭 씹어 먹었다. 바나나 시식을 하러 온 사람처럼 보였겠지만, 같은 실수를 두 번 하고 싶지는 않았다.

배가 부를 때까지 바나나를 먹고, 내친김에 음료수로 입을 헹군 뒤 다시 천천히 달렸다. 속도 자체는 걷는 것과 별반 차이가 없었다. 어쨌든 달렸다. 달리는 느낌으로 걸었다. 달리고 있다고 생각하며 걸었다.

결국 쓰지도 못한 돈이 든 지갑을 주머니에 덜렁거리며 한 시간 만에 완주했다. 그리고 다음 날까지 앓아누웠다. 고관절이 아팠다. 마라톤을 하기엔 이미 늦은 것인가 싶었다.

얼마나 많은 것들을 이렇게 놓친 것일까. 알아채지도 못한 채 사라져버린 기회들은 또 얼마나 많을까. 후회스러웠지만 별 수 없었다. 이제부터라도 할 수 있는 것을 할 수 있을 때 하며 사는 수밖에. 지나가버린 일은 어쩔 수 없다.

기념품으로는 모자를 받았다. 알고보니 대부분의 대회에서 다양한 기념품을 주고 있었다. 바람막이 점퍼에 운동화, 런닝용 셔츠와 반바지 등. 그 기념품에 눈이 먼 나는 그해에

만 스물 몇 개의 대회에 참여했고, 대부분 완주했다. 하프코스도, 풀코스도 뛰었다. 견물생심이란 무서운 것이다.

뛰다보니 달리는 것에 익숙해졌다. 더 이상 관절이 아프지도 않았다. 고통에 익숙해진 것인지, 관절이 튼튼해진 것인지, 몸무게가 줄어든 것인지, 아니면 그 모든 것 때문인지 멍하니 딴생각을 하며 두세 시간씩 뛸 수 있게 되었다. 어쩌면 '진짜로 늦은 것' 따위는 없을지 모른다. 1등으로 완주를 하거나, 마라톤을 직업으로 삼는 것은 불가능할지 몰라도 어찌됐든 나는 끝까지 달릴 수 있었다.

어렴풋이 살아갈 방향 같은 것도 알 수 있었다. 누군가를 이기는 것은 중요한 것이 아니다. 기록을 단축하는 것도, 완주를 해내는 것도 정말 중요한 것은 아니다. 못할 것 같은 일, 이미 늦어버린 것 같은 일, 뒤처지는 것이 두려워 시작하지 못했던 일을 천천히 나의 속도로 해내는 것. 설령 완주하지 못해도 괜찮다. 기념품은 대회에 참가만 해도 받을 수 있으니까. 그것으로 됐다.

즐거운 마음으로 뛰듯이 걷는다. 걷다가 힘이 생기면 그때 뛰면 된다.

때때로 찡한,

말 태워주던
할아버지

말 태워주는 할아버지가 있었다. 진짜 말은 아니고, 말 모양을 하고 밑에 스프링이 달린 마네킹 같은 것으로 크기는 아이들이 올라타기 좋게 자그마했다. 그 마네킹 말 대여섯 마리를 실은 리어카(말 그대로 포장마차)를 끌고 이 동네 저 골목을 떠돌며 돈을 받고 아이들을 태워주는 것이 말 태워주는 할아버지의 일이었는데, 이동식/보급형 회전목마 같은 것이었다.

　할아버지의 등장을 알리는 것은 골목 어귀에서 들려오는 희미한 동요 소리였다. 조용한 오후, 동네에 그 소리가 들려오면 골목에서 집에서 놀고 있던 아이들이 와—하고 몰려나와 줄을 서곤 했다. 아직 유치원도 가지 않은 나 역시 마찬가지였다. 어머니가 말하길 당시의 나는 "혼자 얌전히 잘 놀다가도 그 소리는 귀신같이 알아듣고" 갑자기 콧구멍을 벌름거리며 엉거주춤 일어나 말을 타는 시늉을 했다고 한다. 당시 방앗간을 하던 부모님은 가게를 비울 수 없었기에 동요 소리를 듣지 못하게 하려고 뒤늦게 내 귀를 막았지만, 그러거나 말거나 땀까지 흘리며 말 타는 시늉을 하는 탓에 번번이 일손을 멈추고 말을 태워야 했다.

어렴풋하게나마 당시를 기억한다. 들뜬 마음으로 차례를 기다리며 줄을 서 있던 것, 유독 화려한 —동시에 촌스러운— 색으로 칠해져 있던 마네킹 말의 눈, 다 늘어진 테이프로 재생되던 동요, 그 소리에 맞춰 신나게 몸을 위아래로 움직이며 말을 탈 때의 기분, 그리고 그 풍경 속에 늘 존재했던 말 태워주는 할아버지.

매번 같은 할아버지였는지 아닌지는 기억나지 않는다. 그러나 다들 비슷한 옷을 입고 있었고 비슷하게 야위었으며, 비슷하게 구부정했던 느낌이라, 특별한 기준으로 면접이라도 본 것이 아닌가 싶었다.

시간이 흘러 '말 태워주는 리어카'는 다른 수많은 것들이 그렇듯 아무도 눈치채지 못하는 사이 조용히 사라졌다. 멀어지는 동요 소리처럼 희미한 울림만 남긴 채. 그 사라짐이 너무나 자연스러워 몇 년이 지나도록 눈치채지도 못했을 정도다. 마치 원래부터 없었던 것만 같았다.

대신 매끈한 플라스틱 위에 깔끔하게 도색되어 번들거리는 전자동 놀이기구들이 나타났다. 소방차와 경찰차 혹은 아이들이 좋아하는 캐릭터 모양에, 500원짜리 동전을 한두 개 넣어주면 최신 만화 주제가가 흘러나오며 위아래로 리드미컬하게 움직인다. 더러는 핸들이 달리거나, 액정 화면으로 영상이 나온다. 언제나 쓸쓸한 표정을 한 할아버지가 서 있던 자리에는 동전 교환기가 있다.

다른 것들은 여전하다. 손에 돈을 쥐고 차례가 돌아오길 바라며 먼저 탄 아이를 바라보는 아이, 놀이기구 위에 앉아 활짝 웃는 아이, 타고 싶다며 부모에게 투정을 부리다 혼이 나 우는 아이. 과거의 풍경과 별반 다를 것이 없다.

가끔, 말 태워주던 할아버지를 생각한다. 어느 날부터인가 서서히 자신을 찾는 아이들이 줄어들고, 그래서 이제는 사라져야 할 때인가 예감했을 할아버지에 대해. 그때가 사람 냄새 나고 더 좋았지 하는 마음에서 추억하는 것은 아니다. 아무리 돈벌이를 위한 일이었더라도, 어린 시절 나와 같은 아이들에게 좋은 기억을 남겨주었기에 부디 그 떠나는 마지막이 내 생각만큼 쓸쓸하지 않았길 바랄 뿐이다.

도넛 구멍 사이로 한 인사

베를린에 보름 정도 머무른 적이 있다. 스물 몇 살 때의 일이다. 그곳에서 공부를 하던 친구가 여행을 가느라 집을 비운다고 해 그 집에서 지냈다.

도넛을 겹겹이 쌓아 올린 것처럼 집들이 둥그렇게 둘러선 작은 성 같은 느낌의 연립주택이었다. 출입구는 마차가 오갈 수 있을 정도로 넓고 높았고, 문은 두껍고 무거웠다. 실제로 그 문을 바로 열지는 못했다. 문 한편에 작은 문이 또 달려 있어 사람들은 그곳으로만 다녔다. 하지만 크기만 작다 뿐이지 두께는 똑같아 여닫는 데 꽤 힘이 들었다.

문을 열고 들어가면 도넛의 구멍 부분에 해당하는 공터가 나왔다. 모든 집에서 창문을 열면 내려다보이는 열린 공간으로, 그 한복판엔 굵지는 않지만 엄청나게 기다란 나무가 서 있었다. 도넛을 꿰뚫고 있는 꼬치 같았다. 몇몇 아이들이 그 나무 둘레를 빙빙 돌며 세발자전거를 탔다. 집에 있는 부모들은 창 너머로 그 모습을 지켜봤겠지.

친구의 집은 매우 깨끗했다. 피아니스트로 활동하던 친구는 정리 정돈과 위생에 꽤나 엄격했기 때문에, 집 안의 모든 것이 확고한 기준과 원칙에 따라 분류되고 정돈되어 있었다.

예를 들자면 이렇다. 현관문을 열고 들어서면 보이는 신발장엔 신발들이 의장대처럼 오와 열을 맞춰 진열돼 있었다. 그 옆으로 신발이 들어 있던 상자들이 한 치의 어긋남도 없이 쌓여 하나의 기둥을 이루었고 심지어 모두 같은 브랜드였다. 부엌 싱크대 옆 선반엔 동일한 디자인의 순백색 컵 다섯 개가 손잡이 부분을 같은 방향으로 향한 채 일정한 간격으로 놓여 있었다. 그 옆으론 역시 동일한 순백색 접시들이 작은 것부터 큰 것까지 순서대로 '전시돼 있었다'. 아무리 들여다봐도 사람이 사용하는 것처럼 보이지 않았기 때문에, 전시되어 있는 것이다. '모델 하우스인가' 하는 생각이 절로 들었다.

부엌에 있는 다른 모든 것들 역시 사용감이 없었다. 칼날은 아무것도 자른 적 없는 듯 예리했고, 그래서인가 도마에도 칼자국이 보이지 않았다. 물때 하나 없는 싱크대는 물론 수챗구멍조차 티끌 없이 빛났다. 냉장고를 열어보니 깔끔하게 비워진 채 몇몇 향식료들만 한쪽에 가지런히 놓여 있었다. 집을 비우기 전에 다 치워버린 것이겠지.

거실 소파엔 왼쪽부터 오른쪽까지 일정한 간격으로 쿠션 세 개가 놓여 있었다. 그중 한 개를 집어 들고 조심조심 자리에 앉았다. 탁자 위에 리모컨 세 개가 작은 것부터 큰 것 순으로, 그 옆엔 잡지 세 권이 역시 일정한 간격으로 포개어져 있었다. 그러나 아무것도 만질 수 없었다. 리모컨과 잡지들이 놓인 순서를 기억할 자신이 없었기 때문이다. 결국 참고 있던 숨을 내쉬며 자리에서 일어나 들고 있던 쿠션을 있던 자리에 그대로 내려놓았다. 그 정도가 내 한계였다.

모든 것이 그랬다. 창가에 가지런히 놓인 화분부터 화장실의 두루마리 휴지까지 집 안에 존재하는 모든 것들이 집 밖의 세상과는 다른 특수한 법칙에 지배받고 있었다.

당연히 그곳에서의 생활은 여러모로 힘이 들었다. 얼룩 한 점 없는 싱크대에서 무언가를 만들어 먹는 것은 엄두를 낼 수도 없었다. 완벽하게 정돈된 침대에서 자고 일어나 다시 그 각을 복원해 침구를 정리하는 일은 병적으로 각을 맞추던 헌병대 예비역인 나조차도 엄두가 나지 않아 바닥에서 잠을 잤을 정도다.

무엇보다 나를 괴롭게 만든 것은 단 한 번도 사용한 적 없는 것처럼 새하얗게 반짝거리는 변기였다. 아무리 변의를 느껴도 그 순백의 변기 앞에 서면 알 수 없는 죄책감이 드는 바람에 결국 한 번도 이용하지 못했다. 번거롭지만 매번 집을 나와 쇼핑몰 화장실로 가게 만드는 순수함이었다.

결국 나는 모든 끼니를 밖에서 때웠고, 바닥에 누워 자느라 밤새 뒤척였으며, 수시로 근처 쇼핑몰을 오가는 신세가 됐다. 불편했지만 차라리 그쪽이 마음 편했다.

그럼에도 대부분의 시간은 집에서 보냈다. 베를린에서 내가 아는 유일한 사람의 집에 머물고 있지만, 막상 그 사람이 없으니 달리 할 일도 없었다. 하는 일이라곤 아침에 일어나 그 집에서 할 수 있는 가장 과감한 행동인 '물 끓이기'를 해, 커피를 마시며 부엌 창가에 놓인 책상에 앉아 내가 가지고 있던 유일한 책인 토익 문제집을(왜 하필 토익 문제집인가 설명하자면 길고, 그다지 중요하지도 않기 때문에 넘어가자) 풀거나, 도통 무슨 얘기를 하는지 이해할 수 없는 독일 텔레비전 방송을 보는 것뿐이었다. (원래 틀어놓은 채널과 리모컨의 위치를 정확히 기억해두어야 했던 것은 물론이다.)

그랬다. 그때 나는 베를린의 어느 도넛 모양으로 생긴, 모든 것이 '독일스럽게' 정리된 집에서 토익 문제집을 풀거나 텔레비전을 보며 하루하루를 보냈다. 한번은 공부하는 게 지겨워 창밖을 내다보다, '도넛 구멍 광장'을 사이에 두고 반대편 창문 속 아주머니와 눈이 마주쳤다. 아주머니는 식사를 준비하다가 활짝 웃으며 힘찬 목소리로 "구텐 모르겐~!" 하고 인사했다. 고요한 광장에 그 목소리가 울려 퍼졌다.

멍하니 있다 당한 기습 인사에 뭐라 말해야 할지 몰라 망설이고 있는 사이에도 아주머니는 싱긋 웃으며 나를 바라보았다. 결국 나도 "구텐 모르겐!" 하고 답했다. 내 목소리도 그 도넛의 구멍 안에서 맴돌았다. 그제야 아주머니는 고개를 돌려 굽고 있던 무언가를 뒤집었다.

베를린에 대한 내 기억의 대부분은 이렇다.

이유는
알 수 없지만

고등학교 2학년 때 정치 선생님은 기인이었다. 별명은 베토벤이었는데, 심각한 곱슬머리를 1년 내내 자르지 않고 덥수룩하게 기른 모습이 베토벤 같아 붙은 별명이다. 하지만 단순히 헤어 스타일 때문에 기인의 반열에 오를 수는 없는 법. 정치 선생님은 당시 열여덟 살이었던 우리가 경험은커녕 상상도 할 수 없는 기행을 많이 저질렀다.

　학생들과 교내에서 쌍방 폭행을 한다든지(시작은 학생일 때도 있고 선생일 때도 있었다), 주말에 학교 현관(왜 하필 현관인지는 지금도 의문이다)에서 태연하게 짜장면을 시켜 먹는 장면이 목격된다든지. 심지어 교육부 공무원이 담당 학급의 반장에게 전화해, 교사가 문제되는 행동은 하지 않는지 묻기도 했다.

　하지만 그런 것들은 비교적 사소한 기행으로, 내가 그를 기인으로 판단한 결정적 이유는 그가 언제나 입고 있던 누런 베이지색 점퍼 때문이었다. 그 점퍼는, 모시 삼베 비슷한 천으로 만든 얄팍한 점퍼로, 계량형 수의처럼 보였다. 타인이 무슨 옷을 얼마나 자주 입는가 하는 것은 철저히 취향의 문제라 내가 신경 쓸 이유가 없지만, '언제나 입고 있다'는 것은 단지 그 옷을 선호한다거나 즐겨 입는다는 차원의 문제가 아니다. 미스터리하게도 선생님은 그 옷을 단 하루도, 단 한 순간도 벗는 일이 없었다. 조회 중 아이들이 픽픽 쓰러지는 폭염 속에서도, 껴입을 수 있는 모든 것을 껴입어도 온몸이 오들오들 떨리는 혹한 속에서도, 세속을 초월한 신선의 표정으로 언제나 그 누런 ―애초에 그런 색이었는지 땟국물 때문에 누렇게 된 것인지 알 수 없는― 점퍼를 목까지 지퍼를 올린 채 입고 있었다.

그렇다고 안 더워 보이거나 안 추워 보였던 것도 아니다. 되려 그 반대로, 여름이 되면 시뻘개진 얼굴에 땀을 뚝뚝 흘렸는데, 잘 안 씻는 것인지 기름이 번들거리는 얼굴로 땀방울이 후라이팬 위를 구르듯 흘러내리는 모습이 기괴했다. 겨울도 마찬가지. 술 취한 사람마냥 코끝이 뻘겋게 얼어 있고 얼굴에 동상이 걸린 듯 핏기가 가셨는데도 무언가를 더 걸치지 않았다.

왜일까. 저 옷에 어떤 한이 서려 있길래 스스로를 고문하면서도 벗지 않는 것일까. 일종의 수련인 것일까. 속죄인 것일까. 저주에 걸렸거나 지독한 트라우마라도 있는 것일까. 아무리 생각해도 이해할 수 없는 그 모습은 신선이거나, 광인이라고밖에는 생각할 수 없었다. 물론 압도적으로 후자에 가까웠지만.

그 베토벤 선생님의 수업 시간에 있었던 일이다.

내가 있던 반은 문과로 남자와 여자의 성비가 1:4였다. 그래서 내 짝은 여학생이었는데, 키가 크고 숏커트를 한 쾌활한 아이였다. 공부를 잘하는 것은 물론 운동도 잘하며 남을 헐뜯거나 심한 장난을 치지도 않아 여자 아이들 사이에서는 물론 몇 안 되는 남자 아이들 중에서도 남몰래 그 아이를 짝사랑하는 애가 있을 정도로 인기가 많았다. 그리고 내가 그 녀석이었다.

짝사랑하는 아이와 짝을 하는 것은 가슴 설레는 일로, 수업 시간에 늘 잠만 자던 나도 그때만큼은 안 자려고 부단히 노력했었다. 이미 나의 덜 떨어짐이 평소의 행실로 익히 알려진 터라 부질없는 짓이었지만 사춘기란 부질없음 위에 부질없음을 쌓아 망상과 무의미의 성을 만들고 부수는 것을 반복하는 시기가 아닌가. 그것이 지루하기 짝이 없는 정치 수업 시간에 내가 졸지 않고 집중하고 있던 이유였다.

"국회의원 임기가 몇 년이야? 24번. 일어나서 대답해봐."

24번은, 내 짝이었다. 짝은 천천히 자리에서 일어섰다. 평소보다 훨씬 더 천천히 일어나는 낌새가 수상해 슬쩍 고개를 돌려 얼굴을 올려다보니 짝은 내게 난처한 눈빛을 보내고 있었다. 답을 모르는 것이 아니었다. 졸고 있다 질문 자체를 못 들은 것이었다.

"대답 안 해?"

베토벤이 되물었다. 베토벤 선생님의 기행 중 하나는 불시에 던진 질문에 답을 못 하는 아이의 미간을 분필로 찍어 멍들게 하는 것으로, 고통도 고통이지만 멍 자국이 남아 석가모니처럼 되기 때문에 악명이 높았다. 그랬기에 다른 졸던 아이들도 사태를 파악했고 교실 안엔 긴장감이 감돌았다.

천만다행으로 나는 졸지 않았다. 졸지 않은 것은 물론 수업에도 집중을 하고 있어 질문이 '국회의원의 임기'라는 것과 그 답이 4년이라는 것도 알고 있었다. 기적이었다. 일상의 작은 기적. 내가 바로 얼마 전 담임선생님께 불려가 '너는 그냥 학교 그만두고 검정고시 봐라' 같은 이야기를 들었던 학생이라는 것을 안다면 누구나 그것이 기적적이었음에 동의할 것이다.

나는 다급한 표정으로 내 눈을 바라보는 짝에게 '당황하지 마라. 내가 알고 있으니까' 라는 메시지가 담긴 눈빛을 보냈다. 짝은 안도했다. 평소라면 내가 안다고 답을 알려줘도 믿지 않았을 테지만, 궁지에 몰리면 나 같은 녀석에게도 신뢰가 생긴다. 생기지 않을 수가 없다. 그렇지 않으면 석가모니가 될 테니까. 나는 천천히 입술을 움직여 답을 알려줬다.

'사, 십, 년'

실수가 아니다. 나는 국회의원의 임기를 40년이라고 알려줬다. 왜일까? 모르겠다. 잠시 미쳤던 게 아닐까 싶다. 하지만 짝은 나를 믿고 자신 있게 대답했다.

"사십 년입니다."

교실 안은 잠시 멈춤 버튼을 누른 것처럼 정지했다. 아무도 웃지 않았다. 다들 짝이 뭔가 실수를 했다고 생각했을 것이다. 어쩌면 모두들 질문을 못 들었을 수도 있다. 그래서 당연히 짝이 정답을 말했을 거라 믿어 의심치 않았을지도 모른다. 선생님도 그렇게 생각했는지는 모르겠지만 말도 안 되는 대답에 "뭐라고?"하며 되물었다. 여전히 계량형 수의 같은 점퍼를 입은 채였다.

무언가 잘못되었다는 사실을 눈치챈 짝은 다시 황망한 눈빛으로 나를 바라보았다. 이 순간 믿을 것은 세상에 너밖에 없다는 표정이었다. 그리고 지금 이 순간 그녀를 구원해줄 수 있는 건 실제로 나뿐이었다. 이번에도 틀리면 영락없이 석가모니행이었다. 그것은 있을 수 없는 일이었다. 우리 반의 다른 모든 아이들이 미간 사이에 동그란 멍을 찍고 돌아다니는 것은 상상할 수 있다. 상상하는 것만으로도 즐거운 일이다. 그러나 그런 모습을 한 짝은 상상이 가지 않았다. 언제나 허리를 곧게 편 자세로 앉아 진지한 표정으로 책을 읽고, 곁에 다가온 친구에게 더없이 환한 웃음으로 대해주는 짝이었기에 더욱이 상상할 수 없었다. 불경스럽게 느껴질 정도였다. 있을 수 없는 일이었다. 있어선 안 되는 일이었다.

나는 정신을 차리고 웃음기 없는 얼굴로, 이번에야말로 확신에 가득 찬 눈빛으로 입술을 움직였다.

'사, 백, 년'

분명히 나는 미쳤던 것이다. 그때만 미친 게 아니라 늘 미쳐 있었는지도 모른다. 그래서 담임선생님이 '너에겐 공교육이 맞지 않는다'며 자퇴를 권유했던 것일 테고, 이미 미친 상태라 '싫은데요'라고 거절했던 것이겠지. 학교를 가는 것이, 수업을 듣는 것이 그렇게나 괴로웠던 이유는 그래서였을 것이다.

그러나 짝은 이번에도 나를 믿었다. 심지어 방금 전 대답은 실수였다는 듯 살짝 웃으며 말했다.

"아, 후후. 사백 년 입니다."

아름다운 미소였다.

반 아이들은 폭소했다. 베토벤은 짝의 미간에 석가모니 멍을 만들었다. 너무 세게 내리찍어 분필이 반으로 뚝 부러졌다. 나는 웃지 못했다. 그럴 거면 애당초 제대로 된 답을 알려주면 됐을 것을. 굳이 골탕 먹여놓곤 뒤늦게 후회했다. 알면서 잘못을 저지르고 이내 후회하는 이 행동 양상은 이후로도 쭈욱 계속돼, 서른일곱이 된 지금까지도 변함이 없다.

그날, 짝은 내게 화내지 않았다. 왜냐고 묻지도 않았다. 그때 혹시 정답을 알려줬더라면 사귈 수 있었을까? 하고 생각해보지만, 그런 일은 없었으리란 걸 그때도 알고 있었다. 그애는 물론, 그 뒤로 내게 말을 걸지도 않았다.

결핍과 분배의
문제

초등학교를 다니던 겨울이었다. 한번은 아버지가 통에 담긴 아이스크림을 사오셨다. 자주 있는 일이 아닌지라 동생과 나는 밥숟가락을 들고 덤벼들어 퍼먹었다. 사이좋게 형님 먼저 아우 먼저 하며 먹지는 못했다. 대신 파키케팔로사우루스(두께가 30센티미터나 되는 머리뼈를 이용한 박치기를 주요 공격 수단으로 삼았을 것이라 추정되는 백악기 공룡. 큰 머리통에 비해 뇌의 크기는 달걀 정도라고 한다)의 영역 다툼처럼 맹렬히 박치기를 해가며 서로 많이 먹겠다고 싸웠다.

승부는 두개골이 단단한 건지, 인내심이 강한 건지 조금도 물러서지 않는 동생의 우세였다. 결국 두개골이 무른 건지, 인내심이 약한 건지 줄곧 밀리던 나는 들고 있던 숟가락으로 동생의 머리통을 내리쳤고, 기습을 당한 동생은 먹던 아이스크림을 뱉으며 엉엉 울기 시작했다. 나는 그 틈을 타 아이스크림 통을 낚아채 허겁지겁 퍼먹었다. 야만의 현장이었다.

형제가 오손도손 나눠 먹는 흐뭇한 모습을 바라셨을 아버지는 단 몇 분 사이에 벌어진 참사에 분노했다. 아버지는 아이스크림 통을 빼앗아 집 밖 땅바닥에 그대로 패대기친 뒤 말했다.

"개새끼들도 이러진 않아!"

당시 우리는 치와와 '방울이'와 그 새끼들을 키우고 있었다. 담요를 깔아놓은 종이박스 안에서 쉬고 있던 방울이 가족은 고개를 내밀고 '뭐야, 무슨 일이야?'하는 듯 우리를 바라보았다.

아버지는 "다시는 사오나 봐라!" 하고 선언한 뒤 가게로 일하러 가버렸다. 동생은 여전히 울고 있었다. 아쉬운 대로 숟가락을 빨아보았지만 내다 버린 아이스크림만 더 생각났다. 반도 먹지 못한 상태였다. 나는 울고 있는 동생을 내버려두고 집을 나왔다. 한 손에는 여전히 숟가락을 든 채였다. 겨울이기 때문에 아이스크림이 쉽게 녹지 않았을 거란 판단이었다.

아이스크림 통은 가까운 곳에 떨어져 있었다. 기대에 부풀어 심장이 두근거렸다. 다가가 통을 집어 들어보니 다행히 녹지 않다. 여기까지는 아버지도 예상하지 못했을 거란 생각이 들자 유쾌해졌다. 그러나 아이스크림은 흙을 한바탕 뒤

집어 쓴 상태였다. 어쩔 수 없었다. 그렇다고 아이스크림을 포기할 수는 없었다. 나는 자리에 쭈그려 앉아 숟가락으로 흙 묻은 부분만 살살 긁어내는 작업을 시작했다. 유물을 발굴하는 인디아나 존스처럼 신중에 신중을 기했다.

그러는 동안에도 매서운 겨울 바람이 불어왔다. 하지만 집에 가지고 들어갈 수는 없는 노릇이었다. 그랬다간 다시 맹렬한 싸움이 벌어질 테니까. 별 수 없이 덜덜 떨며 추위로 곱은 손을 움직여 숟가락으로 흙을 걷어냈다. 정말이지 당시의 나는 설원에서 보물을 노리는 적들에게 쫓기는 인디아나 존스 교수 그 자체였다. 서두르지 않으면 얼어 죽을 것이다. 그렇다고 너무 함부로 숟가락을 휘두르면 아이스크림의 손실이 커질 것이다. 가까운 곳에 따뜻한 기지가 있지만, 그곳엔 악당의 두목이 버티고 있다.

얼음처럼 차가운 숟가락으로 힘겹게 흙을 걷어내고 드디어 아이스크림을 퍼보지만, 아뿔싸. 이미 꽝꽝 얼어 숟가락이 잘 박히지도 않는다. 최후의 수단으로 표면을 긁어내 아이스크림 부스러기를 먹는다. 빙수 같다. 맛이 잘 느껴지지 않는다. 간간히 흙도 씹힌다. 그러나 무시하고 삼킨다. 역시 야만의 현장이었다.

그러면서 방울이 가족에 대해 생각했다.

아버지 말처럼 방울이 새끼들은 우리 같지 않았다. 제대로 걷지 못해 그럴 만한 힘도 없겠지만 젖 한 번 더 물겠다고 서로를 깨물거나 박치기를 하지 않았다.

강아지들이 우리 형제보다 사이가 좋은 것도 우리가 특별히 사이가 좋지 않은 것도 아니었다. 근본적인 이유는 방울이에겐 새끼들의 수보다 많은 젖꼭지가 있었지만, 우리에겐 아이스크림 통이 하나뿐이라는 것이었다. 결핍과 분배의 문제인 것이다.

당시의 나도 그쯤은 알고 있었다. 하지만 안다고 되는 게 세상에 몇이나 있는가.

우리는 아이스크림뿐 아니라 거의 모든 음식을 놓고 치열하게 싸웠다. 대상이 소시지, 달걀, 과자, 어묵으로 바뀔 뿐 늘 싸워 쟁취해야 했다. 가끔 위층에 살던 집주인이(당시 나에게는 매우 희귀했던) KFC 치킨을 몇 조각 주기라도 하면 우리 형제는 각자의 몫을 숨기기에 바빴다. 기름이 흥건한 닭튀김을 냅킨에 싸 책상 서랍에, 책꽂이 뒤편에 숨기는 것이다. 그리고 그것을 서로가 없을 때 비밀스럽게 꺼내 손톱의 반만한 크기로 떼어 먹었다.

성인이 되기 전까지 동생과의 기억은 대부분 싸우던 것이다. 우리에게 아버지는 형제끼리 양보하고 나눠야 한다고 수도 없이 이야기했지만, 그럴 여유는 없었다. 다음에도 먹을 수 있다는 확신이 없다보니 언제나 오늘만 살 뿐이었다. 그러니 싸우는 수밖에.

가장 좋은 것은 아이스크림을 두 통 사오는 것이었겠지만, 아버지에게도 그럴 여유는 없었다. 시간이 지나니 그것이 너무나 안타깝고 슬프다.

요즘은 이가 시려 아이스크림이 그닥 당기지 않는다. 이 또한 안타깝고 슬프다.

신대방역의
풍경

중학교 2학년 때까지, 내게 세계의 끝은 신대방역이었다.

물론 지구는 둥그니까 자꾸 걸어 나가면 온 세상 어린이들 다 만나고 올 것이라는 사실은 예전부터 알고 있었다. 하지만 그것과는 별개로 '익숙한 것으로부터 떠나는 가장 첫 관문'이라는 의미에서 마을버스로 세 정거장인지 네 정거장인지 떨어져 있는 그 작은 지하철역이 내게는 '아는 것들의 세계'의 끝이자, '낯선 것들의 세계'로 이어지는 관문이었다.

신대방역은 이용하는 사람이 많지 않은 한적한 지상역이다. 한쪽 편은 지하역인 신림역으로 이어지고, 다른 편은 지상역인 구로디지털단지역으로 이어져 있다. 양쪽 다 출퇴근 시간이면 사람이 많았다. 그러나 신대방역에서는 타는 사람도 내리는 사람도 많지 않았다. 그렇다고 지하철을 타는 것이 수월한 곳은 아니었다. 어느 방향이든 전 역에서 사람을 잔뜩 태우고 오기 때문에 혼잡한 시간대면 몇 대씩 지나쳐 보내는 일이 흔했다.

역의 한쪽 끝(신림역 방향)으로는 보라매공원을 지나 지하철이 지하 구간으로 들어가거나 나오는 모습을 볼 수 있다. 별 거 아닌데 보고 있으면 재미있었다. 반대쪽 끝(구로디지털단지 방향)으로는 지상 구간을 통해 다음 역까지 지하철이 슬슬 가거나, 슬슬슬 다가오는 것을 볼 수 있다.

구간이 워낙 짧아 출발하자마자 도착하는 느낌이라 매우 시시한 풍경이지만, 해가 질 무렵 구로디지털단지역에서 출발한 지하철이 노을을 등지고 다가오는 모습은 꽤 근사했다. 이발소에 걸린 풍경 사진 같았다. 그 모습을 보는 것을 좋아했다. 플랫폼 끄트머리에 선 채 다가오는 지하철을 몇 대고 바라보던 기억이 난다.

당시 내가 신대방역을 찾은 이유는 주로 사생대회를 오가기 위해서였다. 기억 속 나는 늘 검정색 4절 화판을 들고 있었다. 친구와 함께 있던 적도 있지만, 대부분의 경우 혼자 서 있던 기억이다. 그래도 어색했다거나 불안했던 적이 없었던 건 아마도 그런 풍경들을 바라볼 수 있었기 때문이 아니었나 싶다.

중학교 2학년 때 나는, 제법 고민이 많았다. 코밑으로 거뭇거뭇하게 수염 비스무리한 솜털이 자라났다. 불안했다. 이렇게 어른이 되는 것인가 싶었다. 예쁜 얼굴에 공부도 잘하던 부반장이 나를 좋아하는 것만 같았다. 이대로라면 부반장과 결혼을 하게 될지도 모르는데 짝꿍도 나를 좋아하는 눈치다, 누구를 선택해야만 하는 것인가 등등의 망상에 된통 빠져 있었다. 물론 그게 고민의 전부는 아니었다. 미술 교과를 담당하던 담임선생님이 중3 진학을 앞두고 예술고에 진학하지 않겠냐는 제안을 했다.

그랬다. 나는 그림을 제법 잘 그리는 학생이었고, 그래서 학교 대표로 여기저기 사생대회에 참가하곤 했다. 그래서 그렇게 신대방역에 화판을 든 채 서 있던 기억이 많은 것이다.

상도 자주 받았다. 하지만 '그림을 그리며 사는 삶'을 진지하게 생각해본 적은 없었다. '없는 집 자식이 예술 하면 안 된다'는 것이 아버지의 생각이었다. '자식 새끼 목매달아 죽는 꼴 보고 싶지 않다'는 것이 그 이유였는데, 실제로는 많은 돈이 들어가는 예체능 교육을 뒷받침해줄 여력이 없어서라는 걸 나도 알고 있었다.

참여하는 대회가 많은 만큼 받아 오는 상장도 늘어났다. 여느 집이라면 액자에 넣어 잘 보이는 곳에 걸어놨겠지만, 내가 받아온 상장들은 잘 안 쓰는 맨아래 서랍에 쌓여만 갔다. 워낙에 좁은 집이라 마땅히 액자를 걸어둘 만한 공간이 없었고, 넓은 집이었다 해도 감당 안 될 정도로 많은 상을 받았기 때문이다. 아버지는 언제나 '그림은 취미로 하면 된다'고 말했다. 어릴 적부터 하도 들어 나도 그렇게 생각하고 있었다. 단념과 포기를 이른 나이에 배웠다.

늘 그랬다. 세상은 '할 수 없는 것'과 '가질 수 없는 것'들로 가득했다. 텔레비전 광고로 KFC라는 곳이 있다는 것을 보긴 했지만 실제로 갈 수 있는 곳이란 건 중학생이 되어서야 알았다. 의류회사 하청 일을 하던 이웃에게 받은 옷을 입느라 메이커 옷이란 걸 살 수 있다는 것도 몰랐다. 제빵 체인점에서 유통기한이 지나 반품되는 빵을 회수하는 트럭 운전수 아저씨가 때때로 주던 빵을 냉동실에 얼려두었다 해동해 먹으면서도 빵을 마음껏 먹을 수 있어 다행이라 생각했다.

왜 나는 하고 싶은 것을 할 수 없고, 가지고 싶은 것을 가질 수 없을까에 대한 의문은 없었다. 아버지는 어릴 적부터 늘 '가난은 불행이 아니다'라는 말을 반복했고, 방앗간을 하던 부모님이 쌀 한 번 빻고 받는 돈이 당시 돈으로 몇 백 원이라는 걸 유치원 다닐 적부터 알고 있었다.

그런 상황이니 당연히 예술고 진학도 안 될 말이었다. 정확히 '안 된다'는 말을 들지도 못했다. 아버지에게 "담임선생

님이 본격적으로 예고 입시 준비를 해보는 게 어떻냐는 데
요."라고 말했을 때, 아버지는 별 황당한 소리를 다 듣는다는
듯이 "하하하. 개소리 하지 마 새꺄."라고 말하고는 문을 벌
컥 열고 가게로 일을 하러 갔다. 큰 소리로 아버지가 땅바닥
에 가래를 뱉는 소리가 들렸다. 그게 아마도 '안 된다'는 것이
겠거니, 하고 받아들일 수밖에.

어찌 됐든, 나는 중학교 2학년 때까지 신대방역을 종종 찾
아 노을이 지고 눈이 내리고 비가 내리고 바람이 부는, 낙엽
이 날리고 별이 빛나고 달이 뜨고 해가 뜨고 다시 또 노을이
지는 풍경 사이로 지하철이 구로디지털단지역을 오가는 모
습을 내내 혼자 지켜보곤 했다.

이듬해부턴 그림을 그리지 않았기 때문에, 다시 그 풍경
을 본 기억은 없다.

레코드 가게를 여행하는
히치하이커를 위한 안내서

레코드 가게라는 것이 있었다.

지금도 있긴 있지만, 내가 알던 대부분의 레코드 가게는 사라져버렸다. 그러니 이쯤에서 '있었다'라고 표현해도 괜찮을 것이다.

그곳에선 당연히 레코드, 그러니까 LP판을 팔았다. 레코드가 얼마나 보편적인 음향기기였는지는 알 수 없다. 우리 집엔 턴테이블은커녕 라디오도 없었고, 그래서 레코드에 대한 기억도 없다. 그럼에도 레코드 가게에 대한 기억은 몇 남아 있는데, 가장 최근의 기억은 지금으로부터 16년 전이다.

스무 살로 넘어가던 겨울 무렵이었다.

당시 나는 수능 시험을 보란 듯이 망치고, 이름을 아는 모든 대학에 갈 수 없다는 사실을 참담한 한편 홀가분하게 받아들이고 있었다. 친구들은 갈 수 있는 대학을 알아보기 위해 두꺼운 입시정보책을 뒤지며 담임선생님과 어느 대학에 진학할 것인가를 타진했다. 나도 진학 면담을 하기는 했다. 그러나 담임선생님도, 나도 그것이 의미 없다는 것을 알고 있었다.

"넌 네가 가고 싶은 데 한번 써보던지."

담임선생님은 심드렁하게 말했다. 속상하지 않았다. 애당초 기대도 하지 않았다. 대학도, 선생님도, 나와는 사이가 좋지 않았다. 결국 나는 내 멋대로 아무 대학이나 원서를 썼고, 버스를 타고서도 두 시간 정도 걸리는 한 대학에 합격했다.

특별한 기억은 없다. 며칠 나가지 않았기 때문이다. 인간적으로 너무 멀었다. 왕복 네 시간을 버스에 앉아 보내고 있노라면 울화통이 터졌다. 네 시간이면 하루의 6분의 1인데, 대학을 다니는 4년 중 8개월에 해당하는 시간이다. 장장 8개월을 버스 좌석에 앉아 보내야 하는 것이다. 그게 싫었다. 그래서 작심하고 재수를 결심한 건 아니고, 그냥 학교를 안 갔다.

"학교 다녀오겠습니다!"라고 말한 뒤 아침에 집을 나와 버스 정거장에서 아무 버스나 잡아 타고 종점에서 내려 해가 질 때까지 걸어다녔다. 그리고 다시 그 버스를 잡아타고 집으로 돌아왔다.

때는 봄이었고, 신학기라 또래 친구들은 설레는 마음으로 캠퍼스를 거닐고, 미팅을 할지도 모르겠다는 생각을 했다.

사실 그런 것쯤이야 나도 할 수 있었다. 내게도 편도 2시간짜리 긴 여행을 떠나면 도착하는 캠퍼스가 있었으니까. 하지만 그 2시간이 너무 길고 지루했다. 목적 없이 하루 종일 터덜터덜 걷는 것이 더 낫게 느껴졌다.

등록금이 아깝다는 생각도 했다. 당시 우리 집은 형편이 안 좋아 큰아버지에게 빌린 돈으로 등록금을 낸 상태였다. 그렇게 어렵게 들어온 대학인데 일주일 정도만 다니고 포기하다니. 난감한 상황이었다. 마음 같아선 커피라도 한잔 하며 사색에 잠겨 이 상황을 어떻게 해결해야 하나, 고민하고 싶었지만 돌아갈 차비를 제하곤 돈도 별로 없었다. 이래저래 돈이 없는 것이 문제였다.

부모님도 돈이 없었다. 생각해보면 기억나는 대부분의 과거 속에서 돈이 없었다. 원죄 같은 가난이었다. 괴롭지는 않았다. 돈이 좀 있어봤어야 없을 때의 괴로움을 알 텐데, 늘 없었기 때문에 몰랐다. 그래서, 나는 종일 굶으며 걷기만 해도 힘들지 않았다. 괴로운 건 마음이었다.

많은 길을 걸었다. 많은 골목을 지나쳤고, 많은 약수터에 올랐으며, 많은 레코드 가게를 지나쳤다. 레코드 가게에는 레코드보다 시디가 더 많아져, 시디 가게라고 불러도 될 법한 모습이었다.

당시는 시디와 시디 플레이어가 전성기였던 시절로, 반 친구들은 졸업 겸 대학 입학 선물로 소니나 산요제 시디 플레이어를 받곤 했다.

당연히 나는 없었다.

딱 한 번, 하루 종일 손님 한 명 오지 않는 텅 빈 가게에서 멍하니 텔레비전을 보고 있던 아버지가 "졸업하는데, 너도 시디 플레이어 사줄까?"라고 물어본 적이 있다. 가게는 문만 열어놨다 뿐이지 폐업 상태였다.

"아니. 괜찮아. 시디도 없는데 뭐."

내가 대답하자, 아버지는 시무룩한 표정으로 텔레비전만 보셨다.

어찌 됐든, 많은 레코드 가게를 지나쳤다. 가끔은 들어가기도 했다. 그럴 때면 마치 시디 플레이어 하나쯤 가지고 있는 사람처럼 이 시디, 저 시디 뒤적거리며 살 것처럼 구경을 하곤 했다. 퀸도, 레드제플린도, 어스윈드앤파이어도 노래는 들어본 적 없었지만, 익히 들어 잘 알고 있는 것처럼 구경을 했다. 자켓을 들고 유심히 제목을 읽으며 무슨 노래일까 혼자 상상했다. 퀸이라고는 '보헤미안 랩소디' 말고는 아는 게 없었는데, 이렇게나 많은 노래를 불렀다니 기가 찰 노릇이었다.

매번 구경만 했던 것은 아니고, 딱 한번 레코드 가게 사장이 직접 선곡해 만든 불법 복제 테이프를 산 적이 있다. 레드핫칠리페퍼스의 베스트 송이었다. 당시는 이런 것이 제법 흔해서 당당하게 카운터 옆에 진열해놓고 팔았다. 처음부터 사려고 마음먹었던 것은 아니다. 음악 꽤나 들은 표정으로 이것저것 만지작만지작 구경만 하던 내게 사장이 "음악 좋아하면 이거 한번—"하는 식으로 슬쩍 떠본 것에 넘어가 구입한 것이었다.

아마 양천구 어딘가를 걸었던 날이었을 것이다. 약수터에 앉아 짝사랑하던 친구에게 주절주절 되도 않는 편지를 썼던 기억이 난다. 보냈었는지 어땠는지는 기억나지 않는다. 아마 보내지 못했을 것이다. 지금이나 그때나 나는 하지도 못할 것에 시간을 들이곤 한다. 서글픈 자기 위로의 방법이다.

보내지도 못할 편지를 불법 복제 테이프와 함께 가방에 넣고 집으로 돌아가는 버스에 올랐다. 건물 너머로 해가 지는 것을 바라보고 있노라니 괜스레 쓸쓸해졌다. 나는 어떻게 되는 것일까. 이렇게 하루하루 목적도, 의미도 없는 방황을 한다고 달라지는 것은 없을 텐데.

짝사랑하던 그 애는 미팅도 소개팅도 하겠지. 그리고 어쩌면 이 봄이 가기 전에 누군가와 연애를 시작할 것이다. 그런데 나라는 인간은 고작 한다는 것이 빌린 돈으로 들어간 대학도 가지 않고 허송세월만 하고 있다니. 정말이지 한심한 노릇이었다.

그제야 집엔 카세트도 없다는 것이 떠올랐다.

아. 이대로 버스가 나를 먼 우주 어딘가로 데려다주면 좋을 텐데. 아무도 살지 않는, 먼지로 만들어진 별에 나를 떨궈준다면, 정말 좋을 텐데.

나의
쌔드 크리스마스

산타 할아버지가 없다는 걸 알아채는 평균적 시기는 언제일까. 어느 한가한 사람이 조사를 했는지 어쨌는지는 모르겠지만, 결코 여섯 살은 아닐 것이다.

크리스마스이브였다. 그날 저녁 나와 엄마, 그리고 유치원 친구들과 부모들은 동네의 랜드 마크였던 독일제과 앞에 모여 있었다. 그곳에 산타 할아버지가 찾아온다는 소식 때문이었다. 독일제과 앞을 어떻게 알고 찾아온다는 건지 알 수 없었지만, '누가 착한 앤지 나쁜 앤지' 귀신같이 알아보는 산타 할아버지니까 그쯤은 당연히 알고 있을 거라 생각했다. 어찌됐든 나는 선물을 받을 생각에 가슴이 두근거렸다.

내가 착한 아이였는가 어땠는가 하는 것은 고민해보지 않았다. 평소 선행을 했다거나 효자였기 때문은 아니고, 그저 '내가 행하는 것이 곧 정의'라는 신념이 있었기 때문이다. 몇 번인가 동생에게 크레파스를 먹이고, 몇 백 번인가 때려 울렸지만, 그런 사사로운 것들은 중요하지 않을 것이 분명했다.

나뿐이 아니었다. 옹기종기 모인 모두가 당연히 선물을 받을 거라 확신했다. 한 단계 더 나아가 어떤 선물을 받게 될 것인가에 대한 이야기를 했을 정도다.

"2층으로 된 인형의 집을 받을 거야."

"조종할 수 있는 탱크를 받을 거야."

"오토바이 아니면 비행기일걸. 뭐가 됐든 너도 한번 태워줄게."

모두 지난 1년 동안 자신이 저지른 죄악 따윈 잊은 채 허황된 소리만 내뱉었다. 부정적 얘기는 아무도 하지 않았다. 휴거를 앞둔 종말론자처럼 모두가 천당에 갈 수 있다 믿어 의심치 않았다.

"난 5단 변신 합체 로보트."

나 역시 흘러나오는 콧물을 들이마시며 말했다.

당시는 두 평도 되지 않는 골방에 나와 동생, 그리고 부모님이 따개비처럼 다닥다닥 붙어 살던 때였다. 제대로 된 장난감 같은 것은 없었다. 집 안 여기저기 날아다니는 똥파리를 잡아 날개를 떼어내 물을 담은 바가지에 띄워놓고 수영을 시키거나, 흙을 헤집어 지렁이를 찾아내 뾰족한 돌로 자르며 놀곤 했다. 놀이라고 부르기 힘든 잔혹한 행동이지만, 달리 놀것이 없었다. 글을 쓰기 위해 지난 시절을 떠올려보니, 없는 것이 참 많았다는 생각뿐이다. 그렇기에 5단 변신 합체 로보트는 꿈의 장난감이었다.

그때 누군가 말했다.

"산타 할아버지다~"

우리는 하던 대화를 멈추고 일제히 고개를 돌렸다. 그리고 보았다. 매우 반짝이는 코를 가진 루돌프 대신 전조등을 밝힌 채 다가오는 유치원 통원버스를. '성가정 유치원'이라고 크게 쓰인 글자도 눈에 들어왔다. 글을 읽을 줄은 몰랐지만, 늘 보던 글이 쓰인 늘 보던 버스였다는 건 알았다. 나뿐이 아니다. 모두가 알았다. 글을 읽을 줄 아는 아이들은 더욱 확실하게 알았을 것이다. 하지만 누구도 그것이 통원버스라고 말하지 않았다. 선물만 받을 수 있다면 저 버스가 루돌프라 해도 상관없었다.

이윽고 버스가 우리 앞에 멈춰 섰다. 독일 제과 앞은 아침마다 통원버스가 서는 곳이었다는 게 뒤늦게 떠올랐다. 조금 속은 것 같은 기분이 들었지만, 아직까진 괜찮았다. 아직까진. 선물만 받을 수 있다면 그런 것쯤.

운전석이 열리며 역시 늘 보던 운전기사 아저씨가 성의 없는 산타 복장을 한 채 내렸다. 부직포로 만든 것 같은 산타 옷에, 탈지솜을 얼굴 여기저기에 대충 붙이고 있었다. 립스틱 같은 것으로 코끝을 빨갛게 칠했는데, 다른 부분들의 조잡함에 비해 지나치게 성의가 있어 기괴한 꼴이었다. 손을 흔들거나, '호호호' 하고 웃지는 않았다. 그랬다면 무서워 울음을 터뜨리는 아이들이 나왔을 것이다.

아이들은 무심결에 "아저씨다", "아저씨"하며 웅성댔다. 아직 너무 어린 것인지, 밤눈이 어두운 건지 미처 알아보지 못한 몇은 무섭다며 부모의 팔에 매달렸다. 아저씨는 아랑곳하지 않고 좌석칸에 올라 쌓여 있는 선물 보따리들 중 하나를 찾아 들고 내려왔다. 머뭇대던 아이들은 그제야 '와아―' 하며 달려 나갔다. 목적에 충실한 삶을 살던 시절이었다.

기사 아저씨, 아니 산타 할아버지는 한 손엔 선물 보따리, 다른 한 손엔 아이들의 이름표를 들고 서더니 한 명씩 호명했다. 쭈뼛거리며 아이가 나서면, 딱히 칭찬을 하는 것도 없이 선물 바구니를 뒤적이며 "영식이… 영식이…" 하고 아이의 이름이 적힌 선물을 찾아 전해주었다.

크기나 모양은 제각각이었다. 딱 보기에도 인형을 받은 아이도 있었고, 상자가 큼직하고 무거워 보이는 게 로보트가 틀림없을 아이도 있었다. 아이들은 선물의 포장지를 만지작

거리며 흥분해 코를 벌름거렸다.

이윽고 내 차례가 되었다. 아저씨는 "보통이… 보통이…" 하며 선물 보따리 속을 뒤적이더니 내게도 선물 상자를 건네 주었다.

크기는 딱 빼빼로만 했으며, 무게도 그만큼 가벼웠다. 5단 변신 합체 로보트의 한쪽 팔도 들어가지 않는 크기였다.

용무를 마친 버스는 어둠을 헤치며 다음 코스로 향했다. 나는 '무언가 잘못됐다'라는 표정으로 엄마를 바라보았다. 하지만 엄마는 "가자. 춥다."라며 손을 잡아끌었다. 더없이 단호한 태도에 생떼를 쓸 엄두도 내지 못했다. 다른 아이들도 선물 보따리 내지는 꾸러미를 들고 집으로 향했다.

돌아가는 내내 나는 생각했다. '동생에게 크레파스를 먹인 게 그렇게 큰 죄였나?' 그렇지 않고는 이런 선물을 받아야 할 이유가 없었다. 한 손에 들린 선물 상자를 흔들어보았는데, 그 작은 상자 속은 대부분이 빈 듯 부스럭거리는 소리만 들렸다. 차라리 빼빼로가 들었으면 좋겠다 싶을 정도로 서글픈 부스럭거림이었다.

집에 와 풀어본 선물은 500원짜리 조립식 장난감이었다. 혹시나 했던 마음이 여지없이 무너졌다. 게다가 조립하는 데

5분도 걸리지 않았다. 심지어 팔다리가 돌아가지도 않았다.

"이게 뭐야…… 팔도 안 돌아가……"

울상을 짓고 앉아 탄식했다. 이런 걸로는 할 수 있는 게 없다. 악의 무리가 쳐들어와도 뻣뻣한 팔다리로는 무찌를 수 없다. 그저 마네킹처럼 서서 바라봐야만 한다. 슬픈 로봇이다. 지구가 멸망하는 꼴을 멀뚱히 서서 지켜보기만 해야 하다니. 왜 태어난 것일까. 왜 만들어진 것일까. 상념이 머릿속에 가득했다. 그런 내게 아빠는 "빨리 자!" 하고 소리쳤다.

어쩔 수 없이 자리에 누운 나는 로봇을 손에 쥐고 산타를 저주했다. 저주하고, 저주하고, 또 저주하다 잠이 들었다. 크리스마스이브의 밤이 그렇게 지나갔다.

당시의 선물이 사실 부모님들이 준비한 것이라는 걸 알게 된 것은 한참 뒤의 일로, 당연히 부모님은 500원짜리 장난감을 전혀 기억하지 못했다.

일본에
갔지만

고등학교에 입학하고 얼마 지나지 않았을 때의 일이다. 당시 우리 집은 가난이 가슴께 정도까지 차오른 상태였고, 그 사실은 나와 동생도 진작에 알고 있었다. 집 안 구석구석까지 가난이 들어찼기 때문에 숨기고 자시고 할 것도 없었다. 부모님이 하시던 방앗간은 손님이 없어 떡을 만드는 시간보단 만들지 않는 시간이 더 많았다.

　아버지는 궁리 끝에 주문받는 떡 대신 소포장된 떡을 소매로 팔아보았는데, 남는 떡이 만만치 않았다. 하루만 지나면 쉬어버리기에 냉장고에 넣어뒀다 다음 날 학교에 가져가 아이들과 나누어 먹었다. 쉰내가 났지만 다들 별말 없이 먹었다. 그나마도 일주일이 지나자 물려서 안 먹는 바람에 고스란히 버려야 했다. 어느 날부턴 가게 한편에 자그마하게 선식 대리점을 겸했다. 간혹 들르는 손님에게 부모님은 선식을 팔아보려 했지만 사 가는 사람은 없었다. 떡 사러 온 사람이 선식까지 살 이유는 없었으니까. 결국 유통기한이 다 되어가는 선식은 우리가 먹었다. 역시 얼마 안 가 물려서 반품만 늘었다.

아버지는 많이 괴로워했다. 그렇다고 괴로움에 몸부림치진 않았다. 그저 말없이 골방에 누워 담배를 피우며 텔레비전을 보았다. 안타까웠지만, 고작 고등학교 1학년인 나로서는 도울 길이 없었다. 할 일 없이 가게에 앉아 있다 지나가는 친구와 눈이 마주치면 '떡 좀 사라'고 입만 벙긋거릴 뿐이었다.

슬프다거나 원망스럽진 않았다. 그냥저냥 살 수는 있었다. 치킨너겟 같은 반찬을 싸 가진 못하지만 굶지는 않고, 학교에서 지정해준 체육복은 못 사지만 발가벗고 다니진 않는(대신 비슷한 색의 엄마 추리닝을 입었다) 그런 가난이었다. 그 정도의 가난은 태어날 때부터 늘 이어져왔기에 특별히 불편하지도 않았다. 어쩔 수 없다는 걸 알고 있기에 부끄럽지도 않았다.

어느 날 담임선생님이 나를 복도로 불러내서 물었다. "얘, 너 컴퓨터 할 줄 안다고 했지?" 당시는 인터넷이 갓 상용화되던 해로 집에 컴퓨터를 가지고 있는 사람이 지금처럼 많지 않았고, 컴퓨터를 '할 줄 아는' 사람 역시 흔치 않았다.

"네, 조금."

"너 근로장학생 해라. 학교 도서관에서 타자 좀 치면 되는 건데, 학비 면제해줘."

그때 고등학교 학비는 한 학기에 30만 원으로 내려고 한다면 내지 못할 것까진 없던 수준인데(이는 나의 오판으로 고3이 되었을 땐 진짜 낼 돈이 없게 되었다), 담임선생님은 학기 초 개인 면담 때 집안 상황에 대해 이야기했던 것 때문인지 나에게 그 일을 주었다.

그래서, 나는 근로장학생이 되었다.

일은 어렵지 않았다. 점심시간이 되면 서둘러 밥을 먹고, 학생들이 책을 빌리러 오기 전 도서관에 도착해 자리에 앉아 있다 책을 대여해주고, 반납을 받으면 그만이었다. 바코드 리더기는 없었고, 대신 책 뒤표지 커버에 달린 자그마한 봉투 속 도서 대여 카드에 수기로 대여자의 이름을 적어 넣어야 했다. 그 목록을 도서 관리 프로그램에 정리할 때 '컴퓨터를 하는' 능력이 필요했던 것이다. 사실 능력이라고 할 만한 것도 아니지만, 당시는 국민 대다수가 독수리 타법으로 키보드를 치던 시절이라 '다음 사람이 기다리지 않을 정도로 신속히 키보드를 치는 것'이 일종의 재주가 될 수 있었다.

그렇게 운 좋게 등록금을 면제받고 1학기가 지나갔다. 부모님은 스스로 학비를 버는 나를 내심 대견해하는 것 같았다. 하지만 내가 근로장학생 일을 한 것은 단지 부모님의 부담을 덜어드리기 위한 것만은 아니었다.

"나, 등록금 번 걸로 일본에 가면 안 될까."

여름방학이 시작되려던 즈음 한 평도 안 되는 마루(라고는 하지만 사실 뭐라고 불러야 할지 알 수 없는 공간)에 둘러앉아 밥을 먹던 자리에서 나는 말했다.

"30만 원으로 일본을 어떻게 가." 하고 아버지가 물었고, "부산에 가서 배를 타면 5만 원에 갈 수 있대." 하고 나는 답했다. 아버지는 한참을 말이 없더니, "그래, 가라." 하고 허락했다.

고등학교 1학년짜리가 혼자 배낭여행을 가려고 했던 것은 아니다. 당시 어떤 기관에서 고등학생들을 대상으로 저렴하게 만든 일본 여행 패키지 상품을 학교에서 홍보했는데, 그게 마침 30만 원이었다. 지금 생각해도 말도 안 되게 싼 가격인데 왕복 수단이 비행기가 아닌 배였고, 머무는 숙소는 유스호스텔 같은 곳이었기 때문에 가능했던 것이 아닐까 싶다.

그렇게, 생애 처음 해외여행을 가게 되었다.

서울에서 부산까지 고속버스로 이동하여 커다란 페리호에 올랐다. 쾌속선을 타면 다섯 시간이면 간다는데, 그건 가격이 더 비싸기 때문인지 우리는 열두 시간이 걸리는 배를 탔다. 저녁에 출발해 다음 날 아침에 도착하는 배였다. 배의 넓은 공간에 구획을 나누고 수백 명의 사람들이 여기저기 흩어져 모포 같은 것을 덮고 잤다. 주변을 둘러보니 이른바 보따리장수로 보이는 사람들이 많았다. 역시 싼 데는 그럴 만한 이유가 있는 것이라는 걸 절실히 느끼는 여행의 시작이었지만, 개인적으론 나쁘지 않았다. 워낙 좁은 집에 살았던 탓에 넓은 곳에서 잔다는 해방감 같은 것도 있었다. 배가 출발하고 멀어지는 부산항을 바라보며 태평하게 '아름답구나' 하는 생각도 했다. 그도 그럴 것이 부모님과 떨어져 혼자 여행을 떠나는 것은 그때가 처음이었다.

배는 밤새 요동쳤다. 나는 멀미를 하지 않는 체질이라 파도에 따라 울렁이는 그 느낌이 다가올 여행의 기대감을 증폭시켰을 뿐이지만, 다른 수많은 사람들은 불행히도 그렇지 않았다. 그들은 쉴 새 없이 자리와 화장실을 오가며 토하고 또 토했다. 소변이 마려워 화장실에 갔다가, 미처 변기까지 가지 못한 사람들의 구토물을 헤치고 용무를 보느라 꽤나 고생했을 정도였다. 다시 자리에 돌아와 누워서도 잠들기 전까지 간헐적으로 사람들이 토하는 소리를 들어야 했다.

누군가에겐 정말 길었을 열두 시간이 지나고 드디어 도착한 일본. 후쿠오카.

내가 가지고 간 돈은 약간의 용돈과 집주인 아주머니가 준 만 엔이 다였기 때문에, 먹고 싶은 것을 먹는다거나 사고 싶은 것을 산다거나 하고 싶은 것을 할 순 없었다. 버스를 타고 이동해 한곳에 우리를 풀어놓으면, 바삐 어딘가로 사라지는 다른 아이들과 달리 나는 하릴없이 근처를 걷기만 했다.

일본의 여름은 한국보다 훨씬 더웠다. 다행히 가게에 들어가면 어디든 에어컨이 씽씽 나와 숨을 돌릴 수 있었지만, 너무 더워 콜라를 하나 사 먹으려 해도 당시 한국에서 250원이면 사 먹을 수 있던 콜라가 110엔(1,100원 정도)이었기 때문에 망설이기만 하다 돌아 나오곤 했다.

아침과 저녁은 숙소에서 제공했지만 점심은 알아서 해결해야 했는데 그때도 역시 마찬가지. 식당에 들어가 메뉴를 보고 있자면 마음이 무거워져 그냥 굶거나 빵으로 떼웠다. 아니, 생각해보면 다 굶은 것도 같다. 무언가를 먹은 기억이 없다. 여행 막바지에 큰맘 먹고 자판기에서 콜라를 하나 뽑아 마신 것만 기억난다.

관광지에 가도 아무것도 사지 못했다. 주위들은 얘기론 면세점이라는 곳이 있는데, 그곳이 매우 싸기 때문에 기념품은 거기서 사야 한다고 했다. 지금 생각해보면 일종의 난민 체험 비슷한 것이 아닌가 싶은, 그런 어처구니없이 고되기만 한 시간이었다.

돌아오는 배를 타는 날, 고대하고 고대하던 면세점에 들렀다. 나는 '이곳에서 내 남은 돈을 아낌없이 써버리겠다'는 비장한 각오로 들어섰다. 하지만 그마저도 쉽지 않았다. 아마도 여행사에서 계약을 한 소규모 면세점으로 그 규모는 지금 우리 동네에 있는 다이소만 했고, 품목 역시 딱 그만큼이었다. 기대한 만큼 싸지도 않았다.

낭패였다. 이럴 줄 알았으면 그간 들른 관광지에서 뭐라도 살 걸, 하는 생각이 뒤늦게 들었다. 대부분은 한국에서도 살 수 있는 공산품이었고, 당시 알아주던 일제 워크맨이나 시디플레이어 같은 소형 가전제품들은 가진 돈으로 사기엔 터무니없이 비쌌다.

면세점 안을 수십 바퀴 돌다 이제 배를 타러 떠나야 하는 시간이 되었다. 결국 나는 기념품을 딱 하나 샀다. 일가족 최초로 가장보다 먼저 해외여행을 간 것에 대한 죄책감 때문인지, 아버지에게 드릴 천 엔짜리 휴대용 면도기를 산 것이다. 척 보기에도 싸구려였다. 그나마 위안이 되는 것은 '산요'에서 만든 제품이라는 것뿐. 돌아오는 배에서 나는 '그래도 일제니까'라고 스스로를 위안했다. 역시나 돌아오는 배에서는 밤새 구토하는 소리가 끊이질 않았다.

면도기를 받아든 아버지는 실망스런 표정으로 전원을 켜 성의 없이 수염을 몇 번 깎고는 웃옷 주머니에 넣으셨다. "참, 너 같은 걸 사왔다." 아버지의 말에 "산요야 산요." 했지만, 그다지 위로가 되는 것 같진 않았다. 집주인 아주머니에게 받아간 만 엔은 고스란히 지갑에 들어 있었다.

도서관 근로장학생은 계속했다. 그 사이 우리 집은 가난에 침몰되어 다시는 면제받은 학비로 여행을 가거나, 여행지에서 싸구려 기념품을 사오는 일은 없었다. 설상가상으로 고3땐 근로장학생마저 못 하게 되어 매일 같이 교내 방송으로 "3학년 2반 김보통, 등록금 내라." 같은 소리를 들어야 했다. 아버지의 시름 또한 더욱 깊어져 하교하고 돌아오면 골방에 누워 잠들어 있는 아버지의 모습을 보는 날이 대부분이었다.

싸구려 면도기는 책장 어딘가에서 먼지가 뽀얗게 내려 앉아 있다가, 어느 날 사라졌다.

흙에서
살리라

어린 시절 방학이 되면 부모님은 나와 동생을 이모 집에 보내곤 했다. 가게 일을 해야 하는데 여간 걸리적거리는 것이 아니었기 때문이다. 이모와 이모부는 충청북도 음성군 생극면 병암리 어느 산기슭에 자리한 작은 마을에 살았다. 마을 앞에 커다란 느티나무가 한 그루 서 있고 민가라고는 스무 개 정도나 될까 말까 한 작은 동네로, 구멍가게도 없었다. 뭐라도 사 먹으려면 생극면까지 걸어 나가야 했다.

말이 걸어 나간다는 것이지 뚝방을 따라 한참을 걷고 걸어 개천 위를 가로지르는 다리를 건너서도 다시 한참을 걸어가야 해 애들 걸음으로는 여간 힘든 것이 아니었다. 지금이야 새로 지은 다리 양쪽으로 보호 난간도 있지만 당시에는 그 마저 없었다. 그냥 넓직한 콘크리트가 놓여 있을 뿐. 오가는 차를 피해 가생이(가장자리)로 걸어가고 있노라면 금방이라도 떨어질 것 같아 무서웠다. 실제로 사촌 누나 중 하나는 중학생 때 생극면으로 자전거를 타고 통학하다가 개천으로 떨어졌다고 했다. 그래도 다행히 죽지 않고 살아남은 것은 다리의 높이가 2미터 정도밖에 되지 않았기 때문이다.

갈 곳도 없고 할 것도 없는 우리는 심심했다. 이미 성인이었던 사촌형과 누나는 학교를 다니거나 일을 하느라 집에 없었다. 동네 꼬맹이들이 몇 있어 같이 놀기도 했다. '논다'라고 해도 서울처럼 뭔가 문명의 이기를 활용해 노는 것은 아니고, 주로 무언가를 잡았다. 송사리나 올갱이(다슬기), 나마리(잠자리), 거미, 지렁이, 올챙이, 개구리, 거머리 따위의 것들을 부지런히 잡았다. 잡아서 쓸 데도 없었다. 송사리나 올갱이는 개중에 나이가 좀 있는 아이 집에서 매운탕으로 끓여 먹기도 했지만 다른 것들은 그저 잡아다 버릴 뿐이었다.

수많은 생명이 죽어갔다. 개구리를 손에 쥐고 다니다 터뜨려 죽이고, 잠자리끼리 서로 꽁지를 먹게 하거나, 거미와 방아깨비를 싸움 붙이거나 하는 식으로 무의미한 살생을 저질렀다. 죄스러운 기억이다. 죽어 저승에 간다면 그때의 죗값을 치르게 되지 싶어 두렵다. 하지만 어쩔 수 없었다. 그것 말고는 정말 할 것이 없었다. 지금처럼 종일 텔레비전이 나오지도 않던 시절이었다.

이모와 이모부는 농사를 지으며 틈틈이 다른 일도 했다. 이모부는 비누 공장 경비일을 했다. 출근하는 길에 가끔 나와 동생에게 무엇이 먹고 싶은지 물어보았는데, "짜장면!" 하고 허무맹랑한 소리를 해도 "알았어. 이모 말 잘 듣고 싸우지 말고 있어잉." 하고 대답해주었다. 자전거를 타고 이모부가 출근을 하면 우리는 온종일 잠자리를 잡거나 치고 박고 싸우며 시간을 보냈다. 왜 그렇게 잠자리를 잡고 왜 그렇게 싸웠는지 이해할 수 없지만, 말했듯이 달리 할 것이 없었다.

해가 질 무렵이면 마을 입구 느티나무 앞 평상에 앉아 이모부를 기다렸다. 손에는 잠자리가 가득 든 비닐봉지를 든 채. 슬슬 지겨워질 즈음이면 멀리서 자전거를 타고 느릿느릿 다가오는 이모부의 모습이 보였다. 사실 기다리는 것은 이모부가 아닌 짜장면이었기 때문에 두 눈의 신경을 집중해 짜장면을 찾았다. 하지만 좀체 짜장면 같은 것은 보이지 않았다. 엎질러질까봐 가방 속에 넣은 건가 싶어 일단 손을 흔들며 이모부를 반겼다. 하지만 이모부가 건넨 것은 (지금은 사라진)짜장맛 과자였다. 실망스러워 울고 싶었지만 활짝 웃으며 "맛있는 거여." 하시는 바람에 울 수도 없었다.

한번은 이모부가 거울 앞에 선 채 머리를 다듬고 있었다. 평소 입지 않던 깨끗한 셔츠를 입고 있었고, 입으로는 연신 '나는 흙에서어 살리이라아~'하는 노래를 반복하고 있었다.

"이모부, 그 노래가 뭐예요?"라고 물으니 이모부는 "으응, 오늘 모임을 가는데 거기 가서 부를 노래여~"라고 했다. "흙에서 왜 살아요?" 하고 다시 물으니 "으응, 농사를 열심히 지으면서 살겠다는 얘기여~"라고 했다.

이후로도 이모부는 한참 그 노래를 흥얼거렸다. 거의 다외울 수 있게 되었을 때쯤 "그런데 노래 제목이 뭐예요?"라고 물으니, "응, '흙에서 살리라'라고 하는 노래여~"라고 했다.

'흙에서 살리라'라니. 이상한 제목의 그 노래는 이모부의 애창곡이었다. 의미는 이해할 수 없었지만 이모부가 흥에 겨워 노래를 부르는 모습을 보는 것이 좋았다.

이모부는 "이모랑 이모부는 다녀올 테니까 싸우지 말고들 있어야 혀."라고 말했고, 나와 동생은 "알았어요." 하고 대답했다. 그러나 두 분이 모임을 가시고 얼마 뒤, 우리는 언제나처럼 싸움을 벌였다. 평소의 싸움보다 한층 격렬했는데, 통유리로 된 미닫이문을 닫고 안방으로 숨은 동생을 쫓기 위해 나는 과감히 무릎으로 유리문을 산산조각 내버렸다.

다행히 나도 동생도 다치진 않았지만, 큰일이었다. 이성을 차리고 서울 집에 전화를 걸어 상황을 전달했다. 혼나는 것이 두렵기보단 지금의 이 상황을 알리는 것이 더 중요하다 생각했다. 한두 시간 뒤 서울에서 인테리어 일을 하던 외삼촌이 커다란 유리문을 용달차에 싣고 내려왔다. (애초에 이 문을 달아준 것도 외삼촌이었다.) 나중에야 돌아온 이모부는 "괜찮은겨? 다친 데 없는겨?"라고만 물을 뿐 혼내지 않았다.

내 기억 속에 이모부는 그 어떤 일이 있어도 나와 동생을 혼낸 적이 없었다. 그래서 나는 이모부를 사랑했다. "아빠가 좋아? 엄마가 좋아?"라는 질문을 받으면 나는 망설임 없이 "이모부."라고 대답했다. 여러 의미에서 이모부는 내 마음의 안식처요, 도피처였다.

이모부를 마지막으로 본 것은 얼마 전이었다. 온몸에 암이 퍼져 호스피스 병동으로 옮긴 참이었다. 병상에 누운 이모부는 한 손에 나무 십자가를 꼬옥 쥐고 있었다. 돌아가신 김수환 추기경을 쏙 빼닮았다는 것을 내심 좋아하던 이모부였다. 진통제에 취해 숨만 헐떡이던 이모부는 손을 잡자 잠시 눈을 살짝 떴다 감을 뿐 아무런 말도 하지 못했다. 의식이 없어 내가 온 것도 모르는 것 같았다. 돌아가시기 전의 아버지가 그랬듯 서늘한 체온이 손으로 느껴졌다.

이모는 내게 "이모부 이제 좋은 데로 가실 꺼여."라고 말했다. 물론이다. 내가 아는 모든 사람 중 가장 선했던 이모부는 분명히 좋은 곳으로 가게 될 것이다. 천국의 문이 좁아 예상보다 훨씬 적은 사람들만 그곳을 통과할 수 있을지라도 이모부만은 여유롭게 들어갈 수 있을 것이다.

며칠 뒤 이모부는 돌아가셨다. 좋아하시던 노래 가사 마냥 흙에서 살다 흙으로 돌아갔다.

사는 건 대체로 지치는 일이다. 죽을힘을 다해 달리는데 주변 사람들도 모두 죽을 똥을 싸며 달리니 나는 자꾸만 더디다 못해 뒤지는 기분이다. 그럴 때마다 이모부를 떠올린다. 자전거에 내게 줄 짜장맛 과자를 싣고 '흙에서 살리라~'라고 흥얼거리며 느릿느릿 논두렁 사잇길을 가로지르던 그 모습. 특별히 힘이 나지는 않기 때문에 도움이 되는 것은 아니다. 되려 잠시 멈춰 쉬고 싶어질 뿐.

메르하바!
메르하바!

이스탄불에서 한 일주일인가 머물다 대도시의 번잡스러 움에 질려 시골로 여행을 가기로 했다. 지도를 보다 '사프란 볼루'라는 곳에 가기로 막무가내로 정했다. 이름이 예쁘다는 게 이유라면 이유였다. 아무도 그곳이 어떤 곳인지 알지 못 하는 것도 흥미로웠다.

터키는 전 국토에 걸쳐 고속버스망이 잘 펼쳐져 있었다. 지형이 험난해 기차 선로를 까는 게 어렵다는 것 같았다. 터 미널에서 사프란볼루로 가는 티켓을 사 버스에 올랐다.

나비넥타이를 매고 반바지에 셔츠를 입은 꼬맹이가 승객 들에게 과자를 나눠줬다. 편도 여덟 시간은 걸리는 운행이었 고, 그런 노선이 많기 때문인지 버스에는 그런 서비스가 있었 다. 아이가 출발할 때 과자를 주고 마시고 싶은 음료를 물었 다. 콜라를 달라고 하자 투르크 콜라라는 터키산 콜라를 따 라주었다. 미지근하고, 달짝지근했다. 운행 시간이 길기 때문 인지 기사도 두 명이었다. 한 명이 운전할 동안 다른 한 명은 일반좌석에 앉아 쉬고 있었다.

버스가 출발했고, 곧 이스탄불을 벗어났다. 혼잡스럽기만 했던 풍경은 금세 황무지 일색으로 변했다. 달리고 또 달려도 황무지뿐이었다.

당시 나는 검은 봉지에 여권과 지갑만 넣어 들고 다녔다. 노상 입고 다니는 수영복 바지와 다 해진 티셔츠 한 벌만 입고. 짐이 없으니 마음도 가볍고, 한결 여유도 있었다.

버스는 네 시간 정도 달려 휴게소에 잠시 정차했다. 식당에서 밥을 먹고 다시 버스를 타고 달려 네 시간. 엉덩이가 납작해진 느낌으로 사프란볼루에 내렸다.

마을 초입에 채석장인지 광산인지 싶은 게 있는 걸로 봐서 광산 마을 같았다. 터미널에 내린 사람들은 이내 흩어졌고, 모래 바람만 불어올 뿐 아무것도 없었다.

뭘 해야 하나. 그냥 걸었다. 한참을 걷고 있는데 뒤에서 자동차 경적 소리가 들렸다. 돌아보니 버스였다. 버스 기사는 나를 바라보며 다시 경적을 울렸다. 내가 뭘 잘못했나 하는 생각을 하는데 버스 창밖으로 승객들이 고개를 내밀고 외쳤다. "메르하바!"

엉겁결에 내가 손을 들어 흔드니 버스기사는 다시 경적을 빵빵 하고 울렸다. 스쳐 가는 버스 안 승객들 모두 나를 바라보며 손을 흔들고 있었다. 꼬맹이부터 할머니까지 모두가 환호하며 "메르하바!(안녕)"하고 외쳤다. 이상한 기분이었다.

버스뿐이 아니었다. 시험 삼아 길가에 서 있어봤는데 지나가는 모든 차들이 나에게 경적을 울리고 창밖으로 고개를 내밀어 손을 흔들며 "메르하바!"를 외쳤다. 재미있는 마을에 왔다고 생각했다.

후져 보이는 호텔에 들어가 방을 잡고 밥이라도 먹기 위해 다시 어슬렁거렸다. 시골 마을엔 동네 할아버지들이 모여 바둑 같은 걸 두면서 짜이를 마시는 곳이 많았는데, 그 앞에서 담배를 피우던 백 살도 훨씬 넘어 보이는 할아버지가 나를 보더니 "짜이, 짜이. 예맥(먹어), 예맥." 하며 짜이를 권했다. 너무 더웠기 때문에 사양을 했다. 그는 어디서 왔냐고 물었고 "구네이 꼬레(남한)."라고 하자 "오. 친구, 친구." 하며 내 손을 다시 잡았다. 자신이 한국전쟁에 참전했었다고도 말했다.

다 빠진 이 때문인지 발음이 너무 새서 어느 도시를 말하는지는 모르겠지만 자신이 싸웠던 곳의 지명도 여러 번 말했다. 어딘지 알아듣지 못하자 그는 안타까운 표정으로 짜이를 권했다. 일단은 배가 고파 거절했다. 그리고 다시 길을 걸었다.

노상에서 옥수수를 구워 팔고 있는 아저씨를 지나치는데,

아니나 다를까 그가 나를 불러 세웠다. "어디서 왔어?" 능숙한 영어였다. "남한(북인지 남인지 꼭 묻는다)."이라고 하자 만면에 미소를 띠며 반갑게 인사를 했다. 왜 이렇게 다들 친절한 건가.

"이따 저녁에 우리 집에서 바베큐 파티 안 할래?"라고 옥수수 장수 아저씨가 물었다. 내가 옥수수를 보자 "걱정하지 마, 닭고기가 집에 있어." 하고 그는 웃으며 말했다. 오케이. 저녁에 거기서 보기로 했다. 그리고 다시 길을 걸었다.

얼마 걷지도 못했는데, 정육점 주인이 문을 열고 나와 나를 보고 있었다. 내가 먼저 손을 들어 "메르하바!"하자 그는 더없이 기쁜 표정으로 "메르하바!"하고 외쳤다. 문방구 주인도, 옷가게 점원도 다들 문 앞에 서서 나를 기다리고 있었다.

그 와중에도 지나치는 모든 차들은 경적을 울리고 창밖으로 머리를 내민 채 메르하바를 외치며 지나쳤다. 이 작고 심심한 마을에 불현듯 나타난 동양인이 꽤나 흥미로웠던 모양이다. 나는 30초 간격으로 누군가에게 인사를 해야 했다. 재미있었다.

작은 식당에 들어가 되는 대로 케밥을 시켰다. 의외로 주인아저씨가 무덤덤해 마음 편히 식사를 했다. 뭘 할까 고민하다가 날이 너무 더우니 영화를 보기로 했다. 터미널에서 내렸을 때 본 작은 영화관으로 갔다.

영화관은 마을 한가운데 광장에 위치한 유일한 고층 빌딩(이라고 해야 5층 정도) 꼭대기에 있었다. 엘리베이터가 없어 에스컬레이터를 타고 올라가야 했다. 1층 점원들에게 인사를 수십 번 하며 에스컬레이터를 탔다.

2층에 도착하자 점원들이 내 쪽을 바라보며 상기된 표정을 짓고 있었다. 다시 인사를 하고 올라가며 위를 보니 각 층마다 점원들이 고개를 내밀어 나를 바라보고 있었다. 슈퍼스타가 된 기분이었다.

3층인가 4층인가에서 어느 중년 여성에게 잡혀 가게로 끌려갔다. 한 평 정도 되는 매점이었다. 그녀는 나를 자리에 앉히더니 자신이 팔고 있는 아이스크림을 하나 집어와 "예맥, 예맥." 하고 말했다. 나는 그녀가 바라보는 가운데 아이스크림을 먹었다.

아이스크림을 다 먹자 그녀는 어디론가 전화를 걸어 나에게 바꿔주었다. 상대방은 그녀의 조카로 대학생이라 영어를 할 줄 알았는데 그의 통역에 따르면, 매점 주인은 내가 근처 동굴로 함께 놀러 가주길 바라고 있었다. 나는 대충 알았노라고 했다.

우여곡절 끝에 영화관에 도착했다. 시골 동네였기 때문에 영화관은 두 편의 영화를 한 개 관에서 교대로 틀어주고 있었다. 당시 상영되던 영화는 〈배트맨〉과 스페인 스릴러 영화 〈떼시스〉였다. 무엇을 볼까 고민하다 〈배트맨〉을 보기로 했다.

표를 끊고 대기실에 앉아 영화가 시작되길 기다리는데, 점원 청년 둘이 사전을 들고 다가왔다. "메르하바"라고 인사하자 그 둘도 반갑게 인사를 했다. 그리고 가지고 온 사전을 뒤적이며 바캉스라는 단어를 찾아 들이밀었다. 맞다고 하자 엄청나게 기뻐했다. 비슷하게 사소한 몇 가지 질문을 하고 둘은 자리로 돌아갔다.

학교를 갓 마친 듯한 꼬맹이 하나가 들어오길래 영화를 보러 온 건가 했더니 매점 안으로 들어가 유니폼으로 갈아입고 나왔다. 나비넥타이를 매고 있었다.

아이는 뒤늦게 나를 발견하곤 깜짝 놀라더니 청년 점원들과 무언가 이야기를 나눴다. 그러더니 잠시 후 종이컵에 콜라를 담아 들고 와 내게 건넸다. 투르크 콜라겠지. 내가 콜라를 받고 "고마워." 하자 "유어 웰콤." 하고 답했다. 좋아서 콧구멍이 벌렁거리고 있었다.

상영 시간이 다 되도록 사람은 없었다. 청년 둘 중 하나가 상영관 문을 열더니 나에게 입장을 하라고 했다. 좌석은 2, 300석 정도 됐는데, 관객이라곤 나뿐이었다. 객석 위 영사실에서 나를 발견한 영사 기사가 작은 창문 틈으로 나를 향해 "메르하바!" 하고 외쳤다.

영화 내용은 기억나지 않는다. 크리스찬 베일이 터키어로 무슨 말을 하는지 이해해보려 노력하다 잠들어버렸기 때문에. 일어났을 땐 엔딩 크레딧이 올라가고 있었고, 불이 환하게 켜지자 영사 기사가 다시 고개를 내밀고 "구잘(좋아)?" 하고 물어서 "촉(매우)구잘!" 하고 답했다.

다시 에스컬레이터를 탔는데, 아래를 보니 어떻게 안 건지 벌써 점원들이 몰려와 이쪽을 올려다보고 있었다. 내가 손을 흔들며 인사를 하자 여기저기서 메르하바! 하는 소리가 터져 나왔다. 내 인생에 그렇게 인기가 많았던 적이 없었다.

마치 국위 선양을 하고 돌아온 귀국 용사 같은 대접을 받으며 쇼핑몰을 벗어나 광장 한켠 카페에 앉아 커피와 케익을 시켜 먹었다. 그렇게 한참을 빈둥거리다 웨이터에게 계산서를 달라고 하자 "미안하지만, 돈을 받을 수 없습니다."라는 것이다.

이게 무슨 소린가. 새로운 방식의 인종차별인가 싶어 다시 묻자 "저 분이 이미 계산을 했습니다."라고 내 뒤쪽을 가르켰다. 고개를 돌려보니 흰 수염이 난 대머리 할아버지와 보자기로 머리를 싸맨 할머니가 웃으며 나를 바라보았다.

할머니가 내게 손을 흔들며 "메르하바." 하고 인사했다. 내가 자리에서 일어나 노부부에게 다가가자 할머니는 손을 내밀어 내 볼을 쓰다듬었다. 아! 왜 이다지도 터키 시골 사람들은 따뜻한 것일까. 정말 이해할 수 없는 친절의 연속이었다.

어슬렁거리다 이번에는 슈퍼마켓에 들어갔다. 일순 가게 안 모든 사람의 시선이 나에게 집중됐다. 모두가 동작을 멈추고 1초 정도 나만 바라보는 기분이었다. 째깍, 하고 시간이 지나자 다시 저마다 하던 일을 했지만 여전히 나를 보고 있다는 걸 알 수 있었다.

콜라와 과자를 사 들고 계산대로 오니 보자기를 뒤집어쓴 젊은 여인이 계산을 하고, 그 옆에선 새카만 눈이 초롱초롱한 꼬맹이가 물건을 봉지에 담아주었다.

내가 먼저 "메르하바"하고 인사를 하자 젊은 여인은 마이클 잭슨에게 인사를 받기라도 한 듯 기뻐 어쩔 줄 모르는 표정으로 내게 인사했다. 괜스레 옆에서 과자를 봉지에 담던 꼬맹이도 콧구멍을 벌름거리며 흥분했다.

슈퍼마켓을 벗어나 조금 걸어가는데 뒤에서 "아비(형)! 아비!"하는 소리가 들렸다. 뒤를 돌아보니 아까 그 꼬맹이가 달려오고 있었다. 무슨 일인가 싶어 기다리니 꼬맹이는 일회용 플라스틱 컵을 들고 와 내게 내밀었다. 잔에 따라 먹으라는 것이었다.

아. 시골에 오길 잘했다. 카파도키아니 파묵칼레니 하는 관광지 안 가고 처음 들어보는 이름의 작은 동네에 오길 잘했다. 볼 것도 없고, 할 것도 없는 곳이지만 세상 어느 슈퍼마켓에서 콜라 한 병 샀다고 플라스틱 컵을 들고 뛰어나오겠는가.

그런 생각을 하며 마을 중앙에 있는 벤치에 앉아 시간을 보냈다. 그 사이 지나가는 차들을 향해 수십 번이나 멜하바! 메라바! 메르하바! 메에에에라바!!하고 외쳐야 했다.

해가 지고 시원한 바람이 불어오자 동네 사람들이 삼삼오오 광장으로 나오기 시작했다. 할아버지 손을 잡은 손자, 젊은 연인, 해바라기 씨를 까먹고 있는 동네 양아치 패거리, 젊은 부부와 아기. 그 모든 사람들이 광장에 빙 둘러앉아 나를 바라보았다. 여기저기서 메르하바가 터져 나왔다.

다들 눈치를 보는 중인지 섣불리 다가오진 않았다. 그저 눈이 마주치면 기다렸다는 듯 웃으며 메르하바!를 외쳤고, 내가 인사를 하면 실실거리며 웃었다. 뭐가 그렇게 재밌는 것일까. 알 수 없지만, 나도 재미있었다.

그때, 한 아이가 내게 걸어왔다. 앞니가 다 빠졌고, 새카만 눈이 반짝이고 있었다. 소녀는 머뭇거리지 않고 내게 다가오더니 손을 흔들며 "헬로!" 하고 인사했다. 나도 "헬로!" 하고 인사했다. 그러자 아이는 "하우 아 유?" 하고 말했다. 나는 반사적으로 "아임 화인. 땡큐 앤유?" 했다. 그러자 아이 역시 "아임 화인. 땡큐." 했다. 그리고 대화가 끊겼다. 아마도 거기까지 배운 것 같았다. 나 역시 그 뒤로는 할 말이 떠오르지 않았다.

잠시 정적이 흐르고 내가 물었다. "하우 올드 아유?" 그러자 아이는 이쯤은 안다는 표정으로 눈을 반짝이며 당당하게 "아임 파인! 땡큐! 앤 유?" 하고 다시 물었다. 나는 다시 천천히 "하우. 올드. 아. 유?" 하고 물었고, 아이는 잠시 고민하더니 "아임 나인 이얼스 올드." 하고 답했다. 똑똑한 아이였다.

"나이스 투 미츄."라고 말하며 손을 내밀자 소녀는 씩씩하게 내 손을 잡고 "나이스 투 미츄 투." 하며 손을 흔들었다. 일단의 대화가 끝나자 아이는 의기양양한 표정으로 뒤돌아 가족에게 돌아갔다. 아이의 부모는 엄청 대견한 표정이었다.

소녀의 용감한 행동이 기폭제가 되어 광장에 모인 꼬맹이들이 번갈아 내게 달려 나왔다. 대화는 비슷했다. "헬로! 하우 아유! 아임 파인 땡큐! 앤유! 나이스 투 미츄!"가 고요한 광장에 몇 번이고 울려 퍼졌다. 모인 사람 모두 행복한 표정이었다.

소년 소녀들이 모두 나와 악수를 하고 난 뒤엔 젊은이들의 차례였다. 그들은 수줍은 표정으로 다가와 악수하고, 사진을 찍고, 짧은 대화를 나누고, 다시 자리로 돌아갔다. 떠나지는 않는다. 돌아가 앉아서 나를 바라보는 걸 계속한다.

여러 번 포즈를 바꿔가며 커플과, 가족과, 아이들과 기념사진을 찍었다. 영어를 못하는 사람은 내 눈을 바라보며 몇 번이고 터키어를 반복했다. 몇 번이고 몇 번이고 같은 말을 반복하며 나를 보고 웃었다. 아마도 좋은 이야기였으리라 생각한다.

남자 꼬맹이들은 나를 둘러싸고 "아비! 아비! 아비!"를 외치며 빙글빙글 돌았다. 동네 어딘가에 있는 모스크에선 이슬람 경전 같은 걸 틀고 있어서 머얼리서 그 소리가 들려오는 저녁이었다.

아. 살아 있길 잘했어. 나는 생각했다.

이렇게나 나를 반겨주는 사람들이 있는 곳에 오다니, 참 운도 좋았다. 앞으로 살면서 또 어디에서 내가 이런 따뜻한 환대를 받을 수 있을까 싶었다. 광장에 있는 모두가 나를 보며 미소 짓고, 인사하고, 통하지 않는 대화를 나누려다 끌어안고 나를 축복해주었다.

마치 아주 오래전부터 내가 이곳에 올 것을 기다리고 있었던 사람들처럼 모두에게 환영받았다. 물론, 시골 마을에 불쑥 나타난 동양인이 신기한 것이겠지만, 그들의 이유 모를 환영에 내가 위로받고 있었다. 모두에게 환영받는 기분은 참으로 좋은 것이었다.

많은 시간이 흘렀지만 지금도 해가 진 광장에서 나를 둘러싸고 바라보던 사람들의 모습을 기억한다. 개연성은 없지만 용기가 필요할 때마다 그때의 풍경을 떠올린다. 이상하게도, 그때를 생각하면, 뭐라도 할 수 있을 것 같은 기분이다. 뭘 해도 환영받을 것 같은 기분이다.

진한
터키식 인사

이야기는 거기서 끝나지 않는다.

사람들도 하나둘 떠나가고 밤이 깊어 나도 숙소로 가려던 참이었다. 이유는 알 수 없지만 벽장 안에 샤워 시설이 있고 아라비안나이트에 나올 법한 크고 화려한 침대가 있는 호텔에 짐까지 풀어둔 참이었다. 하지만 안타깝게도 그 방에서 자지 못했다. 광장에서 만난 어느 가족에게 초대를 받았기 때문이다.

처음엔 그저 저녁이나 먹자고 했다. 커다란 공처럼 뚱뚱한 부부와, 그 부부의 딸이라는 것이 믿기지 않는 작고 가냘픈 소녀로 이루어진 가족이었다. 엄마와 딸은 이슬람 여성들이 머리에 두르는 수건을 걸치고 있었는데, 엄마의 수건은 수수한 반면 딸의 것에는 알록달록 예쁜 색이 들어가 있었다.

아빠는 대뜸 나를 끌고 거실에 걸린 사진을 보여주었다. 사진 속에서 그는 요리사 복장을 하고 큼지막한 미소를 짓고 있었다. 요리사인 모양이었다. 하지만 식사를 준비하는 쪽은 엄마였다. 내가 터키어를 잘 모름에도 불구하고 그는 뭐라 뭐라 쉴 새 없이 떠들었는데, 아마도 "나는 집에선 요리를 안 하거든!"이라고 말하는 듯 했다.

그것이 이슬람 전통인지 무엇인지 알 수는 없지만, 대부분의 가게에서 일을 하는 것은 남자였다. 물론 여자들이 일을 하는 경우도 있지만, 그것은 어디까지나 계산원이나 판매원 같은 단순 업무였고 손님을 상대하거나 무언가를 만드는 것은 대부분 남자들이었다. 바깥일은 남성이, 집안일은 여성이 해야 한다는 규칙이 있는 것 같았다.

어찌 됐든, 엄마가 요리를 만드는 사이 식사 준비를 하는 것은 딸이었다. 이는 꼭 딸이기 때문만은 아니라는 생각이 들었던 게, 터키에서 만난 아이들 대부분이 집안의 자질구레한 일을 도왔다. 종종 가게에서 물건을 봉지에 담는 아이들도 있었다. 역시나 정확히는 모른다. 당시만 해도 나는 터키말을 거의 할 줄 몰랐으니까.

저녁은 훌륭했다. 구운 닭고기와 싱싱한 샐러드, 그리고 밥이 곁들여 나왔다. 조금만 먹으면 더 가져오는 바람에 음식이 도무지 줄어들지 않았다. 손님을 집에 초대하면 배를 터뜨려버려야 한다는 율법이 있는 건 아닐까 싶을 정도였다.

밥을 다 먹고 딸이 빈 그릇을 치웠다. 내가 도우려 하자 아

빠가 나를 붙잡고는 '안 되지 안 돼' 하며 말렸다. 그는 나를
끌고 베란다로 나가 담배를 권했다. 우리는 재떨이가 올려진
작은 테이블을 사이에 두고 사이좋게 담배를 피웠다. 일반적
으로 터키의 젊은이들은 보이는 곳에서 담배를 태우지 않았
다. 이스탄불에서야 흔히 볼 수 있지만, 시골 마을에서는 하
루 종일 돌아다녀봐도 볼 수 없는 모습이었다. 그러나 희한하
게도 중년 이상의 아저씨들은 나를 보면 무조건 담배를 권했
다. 짜이와 함께.

아니나 다를까 잠시 뒤 엄마가 짜이 주전자와 컵 등을 들
고 베란다로 나왔다. 때는 후덥지근한 여름으로 온몸에 땀이
흥건했는데, 짜이는 김이 모락모락 피어오를 정도로 뜨거웠
다. 한 잔을 받아 들고 조금 식혔다 마시려고 하는데, 아빠는
역시나 '안 되지 안 돼'라는 표정으로 얼른 마시라고 했다.

뭘까. 터키 사람들의 혀가 특별히 튼튼해 펄펄 끓는 물이
라도 쉽사리 마실 수 있는 것일까. 간신히 식혀가며 후룩후
룩 마시니, 그런 내 모습을 온 가족이 흐뭇한 표정으로 바라
보았다. 한국 사람들이 외국인에게 김치를 먹이는 것과 비슷
한 심정이었으리라.

서로 오가는 말은 별로 없었다. 부부는 영어를 못했고, 딸

은 '하이? 하우 아 유? 아임 파인 땡큐 앤 유?' 같은 말 외에는 할 줄 아는 말이 없었다. 아빠는 어딘가로 전화를 걸더니 대뜸 내게 건네주었다. 전화를 받으니 수화기 너머로 "나는 사촌인데 네가 초대를 받았다며? 내가 가도 될까?"라는 말이 들려왔다. 영어를 할 줄 아는 사촌에게 전화를 건 것이다. 왜 이렇게 필사적으로 나와 대화를 하려는 것일까. 조금 부담스러우면서도 그런 환대가 싫지는 않았다. 사촌은 근처에 사는지 금세 도착했다. 나이를 짐작할 순 없지만 대학생쯤 되어 보였고, 머리에 수건을 두르지 않았다.

　"너는 수건이 없네?"라고 묻자, "그건 사람마다 다른 데 우리 집은 하지 않는다."라고 했다. 대화를 짐작한 아빠가 뭐라고 핀잔을 주자 사촌은 내게 "옛날 사람들은 젊은 사람들을 이해하지 못한다."고 말했다. 그러고보면 이스탄불에서는 자유로운 헤어스타일로 다니는 여성들이 많이 보였다. 이 시골에서도 느리지만 변화가 진행되고 있는 듯 했다.

　영어를 할 줄 아는 사촌이 오자 분위기는 한결 나아졌다. 그러나 짜이를 마시고 담배를 태우는 것은 변함없었다. 아빠는 시종일관 껄껄 웃으며 너스레를 떨었고, 엄마는 말없이 웃으며 나의 빈 잔에 짜이를 끊임없이 따랐다. 딸은 그런 나를 사랑스러운 표정으로 바라보았다.

시간이 흘러 이제 슬슬 졸리니 숙소로 가겠다고 말했다. 그 순간, 딸이 엉엉 울기 시작했다. 너무 난데없는 울음이라 당황하는 내게 사촌은 "네가 여기서 자고 가길 바라는 것"이라고 말해주었다. 내가 이미 호텔을 잡아놨다고 말하자 사촌은 그 말을 모두에게 전했고, 얼굴 가득 수염이 덥수룩하다 못해 대머리임에도 이마까지 수염이 빽빽이 자란 아빠는 씨익 웃으며 다시 또 '안 되지 안 돼' 하는 제스처를 취했다. 그가 딸에게 뭐라 말하자 딸은 만세를 부르며 환호했다. 알아 듣지 못했지만, 짐작할 수 있었다.

우리는 모두 집에서 나와 옛날 디즈니 만화에서 봤던 낡고 작은 자동차에 올라탄 뒤, 5분 정도 떨어진 호텔로 향했다. 내 숙박을 취소하러 가는 것이었다.

난감한 상황이 벌어질까 프런트에 따라 들어갔다. 아빠는 호텔 직원에게 큰 소리로 인사하더니 연신 호탕하게 웃으며 이야기했다. 작은 마을이기 때문에 서로를 잘 아는 것 같았다. 결국 취소 수수료 없이 환불을 할 수 있었다. 호텔을 나서며 내가 "친구?(알카다쉬?)"라고 묻자, 그는 "아니, 하하하!" 했다.

우리—나와, 딸과, 털보 아빠와, 엄마와 사촌—는 다시 덜
덜거리는 차를 타고 하하하 웃으며 집으로 돌아와 빈 방에
짐을 푼 뒤 홀가분한 마음으로 아이스크림을 먹었다. 작은
사발에 담겨 나온 아이스크림은, 냉동실이 아닌 냉장실에 보
관한 것인지 다 녹아 죽이 된 상태였다. 아빠가 내게 '아이스
크림 먹자(돈두르마 예멕)'라고 하는 말을 분명히 들었기 때문
에 아이스크림이라는 것을 알았지, 그렇지 않았다면 '터키
전통 푸딩인가' 했을 것이다.

　"녹았는데?"라고 내가 묻자, 엄마는 흐뭇한 표정으로 웃으
며 질퍽거리는 아이스크림을 아아무렇지도 않다는 표정으
로 떠먹었다. 이어서 아빠가, 딸이, 사촌이 만면에 웃음을 띄
운 채, 역시 아아무렇지 않다는 표정으로 녹은 아이스크림
을 후룩후룩 떠먹었다.

　여러 가지로 혼란스러웠다. 처참하게 녹아버린 아이스크
림을 아무렇지 않게 먹고 있는 모습이 놀라웠고, 원래 아이
스크림이라는 것이 이런 식으로 먹어도 괜찮은 것인가 싶고,
어쩌면 터키 아이스크림은 특수한 방법으로 만들어 설령 녹
아도 맛있는 것인가 하는 생각이 들었다. 결국 모두들 이렇
게 즐거운 표정으로 먹는다면 괜찮은 맛일 것이다, 라는 일

종의 마술적 사실주의 소설 속 주인공의 심경이 된 나는, 얼굴에 웃음을 머금고 나를 보며 후룩후룩 아이스크림을 떠마시는 가족들과 함께 사발에 담긴 아이스크림을 떠먹었는데, 십 수 년이 지난 지금도 그렇게 먹는 방식은 잘못되었다는 생각에는 변함이 없다.

그리고, 그 집을 벗어나지 못한 채 일주일 정도를 머무르게 되었다.

그 일주일 동안 나는 그들과 함께 갈 수 있는 데는 거의 다 다닌 것 같다. 근방의 유적지와 저수지, 산, 동굴 등 정말 많은 곳을 다녔다. 도대체 일은 언제 하는 것인가 싶을 정도로 헌신적인 대접이었다.

매일 식사는 아내가 준비했는데, 항상 거대한 대접에 담겨 나오는 샐러드는 텃밭에서 직접 가꾼 채소로 만들었다. 느지막이 잠에서 깨어 밖을 내려다보면 오이며 고추를 따는 엄마의 모습이 보였다. "안네(엄마)!!!!"하고 부르면 엄마는 미소 지으며 손을 흔들어주었다.

종일 먹고 놀고를 반복하는 사이 슬슬 다른 곳에 가고 싶다는 생각이 들 무렵 아빠가 바다를 보러 가자고 제안했다.

태엽을 감아야 움직이는 장난감 같은 그 자동차를 타고

흙먼지 길을 몇 시간 달려 도착한 곳은 아마스라라는 항구 마을이었다. 사프란볼루와 마찬가지로 예전엔 탄광촌이었던 것 '같았다.' 마을 한복판, 동상이나 조각상이 세워져 있을 법한 곳에 광부 복장을 한 마네킹이 서 있었기 때문이다. 한 손에 곡괭이를 들고 헬멧을 쓴 마네킹은 터키의 여타 마네킹들이 다 그러하듯 매직으로 콧수염이 그려져 있었다. 왜 이런 곳에 이런 몰골의 마네킹이 서 있는지 궁금했지만 내 조잡한 터키어로는 이유를 물어볼 수 없었고, 영어를 할 줄 아는 사람도 없었다.

그곳 바닷가는 내국인들의 관광지인 듯 사람이 굉장히 많았다. 우리는 백사장 한편에 자리 잡고 수영을 했다. 나야 바지와 속옷 대신 수영복을 입고 다닌 지 꽤 된 상태였기 때문에 그대로 바다에 뛰어들었지만, 남편과 딸, 그리고 사촌 역시 입고 있는 옷 그대로 수영을 했다. 이것 또한 이슬람의 문화인가 싶었는데 둘러보니 그렇지도 않았다. 수영복은 물론, 비키니를 입은 여성도 드물지 않았다.

우리가 한참 수영하는 동안에도 엄마는 백사장의 자리를 지키고만 있었다. 몇 번이고 같이 수영을 하자고 졸라도 땀을 뻘뻘 흘리며 손사래만 칠 뿐이었다. 이 또한 나름의 이유와 역사가 있겠지 싶어 나는 다시 물놀이를 했다.

물론, 바다에서도 나의 인기는 끝내줬다. 피서철의 해운대까지는 아니어도, 강화도 동막 해수욕장급으로 붐비는 아마스라의 바다에 동동 떠 있는 동양인은 나뿐이었기 때문이다. 처음 보는 사람들이 내 손을 잡고 자기 친구들의 무리로 끌고 가거나, 괜히 옆에서 물장구를 쳤다. 뭍으로 올라오면 지나가는 사람들이 연신 내게 손을 흔들고 자두나 포도 같은 것을 건네주었다. 후후후. 회상하는 것만으로 기분이 우쭐해지는 기억이다.

물놀이를 한참 한 뒤, 우리는 다시 짜이를 마셨다. 믿기지 않지만, 엄마는 이 먼 곳까지 짜이 주전자와 찻잔 등을 싸 들고 온 것이었다. 사프란볼루에서 마셨던 것과 마찬가지로 펄펄 끓는 짜이였다. 각설탕 두 개를 넣어 찻숟가락으로 빙빙 저은 뒤 내게 찻잔을 건네주며 그녀는 흐뭇하게 웃었다. 나는 마침 짜이를 한 잔 마시고 싶었다는 표정으로 잔을 받아 바닥에 내려놓았다. 숨을 고르는 척하며 차를 식히려는 속셈이었다. 그 사이 아빠는 땀을 뻘뻘 흘리며 짜이를 맛있게 마셨다. 딸도 마셨다. 사촌도 마셨다. 엄마도 마셨다.

주변을 둘러보니 우리 말고도 그런 사람들이 많았다. 되약볕이 내리쬐는 이 한여름에, 아지랑이가 이글이글 피어오르는 이 백사장에서, 김이 펄펄 나는 짜이를 사람들은 태연하게 마셨다. 미처 짜이 주전자를 챙겨 오지 못한 사람들을 위해서일까, 짜이를 파는 상인들도 여기저기 보였다.

아. 이것은 새로운 차원의 다도다. 생활화된 극기다. 그런 광경을 바라보다 슬쩍 찻잔을 만져보니, 다행히 조금 식어 있었다. '옳지. 이제 한번 마셔볼까' 하고 잔을 집어 드는데, 그 모습을 지켜보고 있던 아빠가 냉큼 내 찻잔을 뺏더니 식은 차를 모래 위로 휙 뿌렸다. 그리고는 전매특허인 '안 되지 안 돼' 하는 표정으로 나를 바라보며 다시 김이 펄펄 나는 짜이를 담아 건넸다. 아마도 코란에 식은 차를 마시는 것은 금기라고 쓰여 있는가 보다. 결국 나는 코끝에 맺힌 땀이 짜이 잔 안으로 뚝뚝 떨어져 찝찔하고 달달하며 쌉쓸한 짜이를 마셔야만 했다.

그렇게 함께 즐거운 시간을 보내고, 우리는 이별했다.

"나는 이곳에서 좀 더 여행을 할 생각이야."

사촌이 내 말을 가족에게 전하자, 모두가 비통한 표정을 지었다. 다행히 딸은 울지 않았다. 하룻밤만 같이 지내기로 하고 이미 일주일이 지났으니까. 엄마는 내 손과 볼을 어루만

지며 잘 가라는 인사를 했다. 딸과 사촌 역시 이번엔 명랑한 표정으로 작별을 말했다. 아빠는 바닷물과 땀이 흘러내리는 얼굴을 내게 비비며 진한 터키식 인사를 했다. 온 얼굴에 돋아난 털이 내 얼굴을 살살이 쓸고 지나갔다.

살아가며 겪는 수많은 인연이 그렇지만, 이국에서의 이별은 매번 더 깊이 가슴에 남는다. 그것은 '우연히라도 만날 수 있을 것이다'가 아닌, '반드시 우리는 만나지 못할 것이다'라는 확신 때문이겠지.

가족이 차를 타고 다시 사프란볼루로 떠나는 모습을 바라보며 나는 손을 흔들었다. 그들 역시 창밖으로 고개를 내밀고 내내 나를 바라보았다. 우리는 영영 만나지 못하겠지만, 영영 잊지도 못할 것이다.

너는
카라다쉬

아마스라에서 나는 '알리'로 불렸다. 우리나라로 치면 '철수' 같은 이름인데, 함디 아저씨가 지어줬다. 함디 아저씨는 당시 머물던 민박집의 주인으로 앞니가 다 빠진 대머리 아저씨였다. 함디는 마음씨 착하고 다리를 저는 아내와 내 또래의 아들 둘, 열 살짜리 딸 송귤이랑 살고 있었다.

나와 함디 아저씨는 나이 차이가 서른 살 이상 났지만, 친구에 가까웠다. 우리는 같이 텔레비전을 보고 낮잠을 자고 밥을 먹고 산책을 하고 대화를 나눴다. 그는 젊어서 앙카라에 있는 호텔에서 근무를 했기 때문에 터키식 영어에 능숙했다. "알리. 토다이 이즈 순다이(투데이 이즈 선데이)! 위 고토(고 투) 마르켓(마켓)!"하는 식이었다. 그래. 토다이는 순다이였지.

나는 낮 동안 해안을 어슬렁거리고, 송귤과 수영을 하고, 동네를 기웃거리고, MTV를 보며 같이 감자를 깠다. 내가 송귤에게 아이스크림을 사주려고 하면 함디 아저씨가 "이가 썩어서 안 된다."며 정색을 하고 말려 송귤은 아빠가 안 보일 때만 내게 "알리! 돈두르마 돈두르마(아이스크림)!" 하며 졸랐다.

때로 아들들과도 어울려 놀았다. 배를 타고 섬에 가 홍합을 잔뜩 따 와서는 구워 먹었다. 이른 아침 낚시를 따라가 오전 내내 잡은 물고기를 튀겨 먹기도 했다. 역시나 샐러드는 집 앞 텃밭에 즐비한 채소들을 그대로 따서 만들었다.

그러다 저녁이 되면 함디 아저씨와 아마스라 위로 깔리는 근사한 석양을 바라보며 짜이를 마시고 담배를 피우곤 했다. 그는 나에게 행복에 대한 이야기를 해줬다.

"알리. 나는 인생은 꿈이라고 생각해. 솜티메(썸타임) 악몽을 꾸지. 악몽 속에서 난 계속 도망쳐. 오! 곳(갓)! 왜 나에게 이런 시련을! 오! 곳! 그러다 깨어나. 그러면 안심하지. 휴, 꿈이었구나, 하고." 그는 진짜로 방금 악몽에서 깨어난 듯 너무나 안심이란 표정을 지었다.

"인생도 마찬가지야. 나는 이제 늙어서 언젠가 죽겠지. 하지만 두렵지 않아. 죽고 나서 그때 휴, 이것 또한 꿈이었구나, 하고 깨어날 테니까." 그렇게 말한 뒤 함디 아저씨는 다 빠진 이를 드러내며 웃었다. 짜이를 마실 때마다 각설탕을 퍼붓던 그였다. 송귤에게 아이스크림을 사주지 말라는 얘기를 할 때가 아니었다.

"알리. 그러니까 삶을 두려워하지 마." 그는 말했다.

"우리 아내, 둘째를 낳고 허리를 다쳐서 임신을 못해. 슬펐지. 오오오오! 곳! 와이 미! 와이 미! 많이 울었어. 우린 너무 슬펐어. 신을 저주했지." 함디는 슬픈 표정으로 말했다. 평소 함디의 부인이 한 다리를 절뚝거리던 이유는 그 때문이었다. 하지만 송귤은? 부인의 몸이 안 좋아 아이를 낳지 못한다면 막내딸 송귤은? 하는 생각이 퍼뜩 들었다.

"10년쯤 전에 큰 지진이 있었어. 많은 사람들이 죽었지. 송귤 많이 어리지? 그 지진 때 송귤의 부모님도 죽었어. 그때 송귤은 아기였고, 우리는 딸을 얻게 되었지."

함디 아저씨는 웃지 않았다. 그때, 지진의 참상 속에서 송귤을 만나게 된 때를 떠올리는 것 같았다. 그때의 공포와 슬픔, 기쁨과 환희가 뒤섞인 표정이었다.

"알리. 인생은 꿈 같은 거야. 아무리 슬퍼도, 깨어나고 나면 휴, 하고 웃을 수 있을 거야. 꿈이었구나. 이 모든 것이 다 꿈이었구나. 휴. 그러니까 두려워하지 마(쏘 돈트 비 아프레이드)."

나는 우리가 이야기를 하는 동안 내내 옆에 앉아 있던 송귤을 바라보았다. 무슨 이야기를 하는지 알지 못하는 송귤은 나와 눈이 마주치자 한쪽 눈을 찡긋찡긋했다. 아빠가 곁에 있을 때만 하는, 아이스크림을 사달라는 비밀 신호다. 나도 같이 눈을 찡긋했다. 송귤은 해맑게 웃었다. 나는 이전처럼 속 편하게 웃지는 못했다.

한 보름이나 지났을까. 내가 그 마을을 떠나던 날은 나와 동갑인 첫째 아들의 입대가 멀지 않은 때였다. 터키 역시 징병제 국가로 일정한 나이가 되면 병역을 지어야 했다. 다른 점이 있다면 대학생에겐 복무 기간이 6개월쯤인데 반해, 대학을 다니지 않는 사람에겐 1년 정도였다. 큰아들은 대학을 다니지 않았다. 이래저래 복잡한 마음이었을 것이다.

그래서였을까. 저녁 시간이 되어 다 같이 식사를 하기로 했는데도 큰아들이 보이지 않았다. 한참 뒤에 나타난 그에게 물어보니 여자 친구에게 이별을 통보하고 오느라 늦었다고 했다. 슬퍼 보였다. 둘째는 히죽히죽 웃고 있었는데, 알고 보니 그는 대학생이었다.

저녁을 다 먹고 나는 다섯 가족의 얼굴을 하나하나 그려줬다. 함디 아저씨는 기뻐하며 그림을 벽에 붙여놓았다. 가족사진을 대신할 그림이 생긴 것이다.

"알리. 언젠간 꼭 돌아와. 그때까지 살아 있을지는 모르겠지만, 항상 기도해줄게." 함디는 말했다. 나는 "반드시 돌아올 테니까, 죽지 말고 있어요."라고 답했다. 그러지 못할 것이라는 걸 예감하면서도, 그렇게 말했다. 다시 말하지만 이국에서의 이별은 힘들고, 그렇기 때문에 또 거짓말을 하게 된다. 듣는 이나 말하는 이나 그것이 어렵다는 것을 알지만 듣고 싶은 것이다. 다시 만나겠다는 약속을.

그렇게 작별 인사를 하고 버스 시간이 남아 동네를 돌아다니는데 사람들이 알아보고 물었다. "알리, 오늘은 뭐했어? 내일은 뭐해?" 내가 이제 떠난다고 하자 슬픈 표정을 지었다. "그래. 다음에 또 와." 그때쯤 나는 아마스라의 슈퍼스타였다. 그렇게 한참을 어슬렁대며 시간을 보내다 터덜터덜 버스 터미널로 걸어갔다.

사방은 이미 어둠이 짙게 깔려 있어 버스의 브레이크 등만 빛나고 있었고, 표를 확인하는 버스 기사 말고는 달리 오가는 사람도 없었다. 간혹 한두 명의 여행객이 조용히 버스에 오를 뿐이었다. 밤중에 이스탄불로 떠나는 사람 역시 많지 않아 쓸쓸한 풍경이었다.

그런데, 그 어둠 속 버스 입구 쪽에서 서성이던 검은 그림자 둘이 나를 향해 다가왔다. 승객이 아닌가? 하며 별 생각 없이 버스 쪽으로 향하는데, 잠시 뒤 거리가 가까워지자 보이는 두 사람은 함디 아저씨와 큰아들이었다. 나는 외쳤다.

"오!!!! 곳!!!!!"

함디 아저씨는 버스 기사에게 당부를 하기 위해 왔다고 했다. '당부라니? 무슨 당부를?' 하며 어리둥절해 있는데, 그는 내 손을 잡고 버스 기사에게 걸어갔다. 웬 동양인의 손을 붙잡고 다가오는 일행을 버스 기사는 의아한 표정으로 바라보았고, 함디 아저씨는 그에게 무언가 말했다. 물론 터키말이었기 때문에 그의 말을 이해할 수 없어서 어떤 당부를 하는지도 알 수 없었다.

하지만, 그 알아들을 수 없는 당부 속에서 똑똑히 들려오는 단어가 있었다. '카라다쉬'였다.

함디 아저씨는 기사와 이야기를 하다 나를 바라볼 때마다 '카라다쉬'라고 칭했다. 기사가 나를 보고 '알카다쉬?'하고 물었지만, 함디 아저씨는 고개를 가로저으며 '카라다쉬'라는 말을 반복했다.

때는 이미 터키 생활이 거진 한 달이 되갈 때라 세세한 말은 모르더라도 그 두 단어의 뜻은 정확히 알고 있었다. 기사가 나를 가리키며 물었던 '알카다쉬'는 '친구'라는 뜻이었다. 하지만 함디 아저씨는 그 말을 부인하며 '카라다쉬'라고 말했다. 그 뜻은 '형제'였다.

버스 기사는 함디 아저씨에게 걱정 말라는 듯 웃으며 고개를 끄덕였다. 함디 아저씨는 버스에 오르는 내 손에 무언가를 쥐어주었다. 펼쳐보니 이슬람 교도들이 쓰는 묵주였다. 그는 내 손을 두 손으로 잡은 채 눈을 바라보며 말했다.

"알리. 네가 이슬람교도가 아닌 건 알아. 하지만 네가 어디에 있건 우리를 잊지 말고 기도해줘. 우리 역시 언제나 네 행복을 위해 기도할게. 넌 내 아들이고 형제야. 터키의 가족들을 잊지 마."

버스는 이내 출발했고, 느릿느릿 마을의 불빛이 멀어져갔다. 그동안에도 내내 두 사람은 나를 향해 손을 흔들었다. 더이상 내 모습이 보이지 않아도 계속해서 그 자리에 선 채 손을 흔들고 있다는 것을 알 수 있었다. 나 역시 마을이 보이지 않을 때까지 차창 너머로 그들이 서 있을 어딘가를 바라보았다. 손에는 함디 아저씨, 아니 함디 아빠가 건네준 묵주를 쥔 채로.

그러니,
당신도.

군대 있을 적 검문소 근처에 노수녀님들이 운영하고 있는 노인 요양 시설이 있었다. 수녀님들은 모두 여섯 분이었고, 평균 연령이 60대였다. 그곳에서 생활하는 할머니들은 열 몇 분으로 평균 연령이 백쉰 살은 되어 보였다.

검문소에서는 간혹 요양원으로 봉사활동을 갔다. 나는 탈영병을 체포하는 군무이탈체포전담조라 머리를 기르고 사복을 입고 있었다. 그래서인지 수녀님이나 할머니들이 위화감 없이 대해주었다. 내가 가면 모두들 몰려나와 손을 잡거나 얼굴을 쓰다듬거나 했다. 사람이 그리웠던 것이다.

딱히 하는 일은 없었다. 그냥 할머니들과 같이 텔레비전을 보거나, 수녀님과 할머니들이 근처 산에서 캐온 나물로 만든 밥을 나눠 먹고, 설거지를 하거나 했을 뿐이다. 쑥국을 먹어본 건 그때가 처음이었다. 알싸한 맛이 영 낯설었다.

말이 좋아 요양 시설이지 그곳에서 생활하는 할머니들은 사실 버려진 것이었다. 상당수는 치매를 앓고 있었고, 거동이 불편한 경우가 대부분이었다. 흔히 생각하는 평화로운 요양원 풍경과는 좀 거리가 멀어 텔레비전을 보면서 서로 티격태격 싸우는 일도 많았다.

때때로 싸움의 원인이 내가 되기도 했다. 서로 내 옆에 앉아 텔레비전을 보고 싶어 하셨고, 나와 이야기를 하고 싶어 했다. 한 할머니가 나를 너무 오래 독점하고 있으면 다른 할머니가 그 할머니에게 "개 같은 년"이니, "망할 년"이니 하면서 욕을 하곤 했다. 인기가 많다는 것이 이런 것이구나, 하는 것을 처음 느꼈다. 마냥 좋지만은 않은 복잡한 마음이었다.

그나마 거동을 할 수 있는 할머니들은 내 곁에 잠시나마 머물며 지독할 정도로 조용하기만 한 그곳 생활로부터 벗어난 느낌을 받을 수 있었지만, 그렇지 못한 할머니들은 각자의 방에 머물며 소리만 들어야 했다. 가끔 그런 방에 들어갔다.

한 할머니는 잘 움직이지 못해 내가 식판에 밥을 차려 들어갔다. 그럴 때면 심술 맞은 할머니가 따라 들어와 "저 할망구는 혼자 처먹을 수 있으면서 엄살떤다."며 화를 내곤 했다. 말했지만, 나는 꽤 인기가 있었다.

엄살인지 아닌지 알 수 없지만, 나는 할머니에게 밥을 떠드렸다. 할머니는 마치 아이가 된 것처럼 쑥국에 말은 밥을 한 입 한 입 받아서 먹었다. 다 먹고 나서도 한참을 할머니 곁에 앉아 있었다. 밖에서는 다른 할머니들이 욕을 하며 싸우는 소리가 들렸다.

한번은 할머니에게 "심심하지요?" 하고 물었었다.

그녀는 누운 채 고개를 끄덕이며 "심심해." 하고 말했다. 방에는 큰 창이 나 있었고, 창밖으론 강원도의 높은 산들이 빽빽이 서 있을 뿐이었다. "답답해서 어쩌나." 하고 말하면, 그녀는 고개를 끄덕이며 "답답해." 했다.

"할머니 내가 이 담에 제대하고 돈 벌면 봉고차 사서 다시 올 테니까, 그땐 우리 다 같이 놀러가요." 하고 말하자 "뭐더러 여기까지 와서 늙은이들이랑 놀려고 해." 했다. 그녀는 더 이상 쪼그라들 수 없을 정도로 쪼그라들어 있었다.

"그래도 할머니, 나가 놀고 싶으시지요?"라고 하니, 그녀는 고개를 끄덕였다.

"응. 그래."

그리고, 그녀는 자신에 대해 말하기 시작했다.

"나는, 열일곱에 시집을 갔거든. 그때부터 놀아본 적이 없어. 젊어서는 시부모님 모시느라 놀질 못했어. 아침 챙겨드리고 밭에 나가 온종일 일하다 들어와서 다시 밥 차려드렸지. 그렇게 일만 하다 자식을 낳고서는 자식들 키우느라 놀질 못했어. 애를 낳고도 쉴 수가 있나. 등에 업고 밭일 하고, 또 밥 차리고, 다시 또 일하고. 시부모님 돌아가시고서도 남편 뒷 바라지에 자식들 수발에 하나도 놀지를 못하고 일만 하다 늙 어서 이렇게 돼버렸어." 하고 그녀는 말했다.

"그런데, 마음은 아직도 열일곱이야. 몸은 이렇게 괴물이 돼버렸는데, 마음은 아직도 열일곱이야."

그녀는 스스로를 '괴물'이라고 불렀다. 아흔이 넘었다는 그녀는 마음은 아직도 열일곱이라고 고백을 했다. 나는 듣고 만 있을 뿐 아무런 말도 하지 못했다.

"이게 뭐야. 마음 같아선 금강산도 가보고 싶고, 노래를 부 르면서 들로 산으로 뛰놀러 다니고 싶은데, 이렇게 됐어. 누 워서 움직이지도 못하고 죽을 날만 기다리는 괴물이 되어버 렸어."

할머니는 손을 뻗어 내 손을 잡았다. 놀라울 정도로 가볍 고, 보드랍고, 주름진 손이었다. 솜으로 만들어진 것 같았다.

"그러니까 젊은이도. 놀아." 하고 그녀는 말했다. 마치 숨겨 진 인생의 비밀을 알려주려는 것처럼.

"놀면 큰일 나요. 엄마한테 혼나." 하고 내가 말했다.

그녀는 물기 어린 눈으로 나를 물끄러미 쳐다보며 말했다.

"괜찮아. 젊어서 놀아야 해. 안 그러면 나처럼 돼."

나는 그녀의 손을 잡고 "그러다가 취직도 못하고 백수 돼서 돈 못 벌면 봉고차도 못 빌리고 할머니랑 놀러도 못 가는데?" 하고 말했다. 그녀는 눈을 감고 천천히 고개를 가로저으며 말했다.

"놀아."

나는 쏟아지는 햇살이 가득한 방 안에서 아흔이 넘은 소녀의 손을 잡은 채 "그래요. 놀게요." 하고 말했다. 그리고, 앞으로 나는 쭉 놀아야겠다고 다짐했다. 설령 돈을 못 벌어 봉고차를 빌리지 못하는 상황이 벌어진다고 해도 상관없었다.

그 뒤로 가끔 부대 이발병을 데리고 그곳을 찾아 할머니들 머리를 깎아드리기도 하고, 트로트를 잘 부르는 후임과 함께 옥경이를 불러드리기도 했다. 아무리 먹어도 쑥국은 익숙해지지 않았고, 할머니들의 싸움은 잦아들지 않았다.

벌써 십여 년이 흘렀다.

내 손을 먼저 잡아보겠다고 싸움을 하고, 나와 얘기 한 번 하려고 눈치를 보던 그 늙은 소녀들은 아마 돌아가셨을 것이다. 하지만 아직도 나는 그녀들에 대해 생각한다. 아주 오래전 시간이 멈춰버린 채 살아야 했던 그녀들을 잊지 않는다.

그리고 이제 와 그녀들에게 내가 해줄 수 있는 것은 그녀들의 몫까지 놀아주는 것이 아닐까 하는 생각을 한다. 금강산은 못 가지만, 들로 산으로 바다로 강으로 계곡으로 평야로 항상 그녀들을 기리며, 그 몫까지 필사적으로 놀아야겠다고, 나는 다짐한다.

그러니, 당신도.

어른이 된다는 서글픈 일

ⓒ 김보통

초판 1쇄 발행 2018년 1월 9일
초판 5쇄 발행 2021년 6월 21일

지은이 김보통
펴낸이 이상훈
편집인 김수영
본부장 정진항
편집1팀 이윤주 김단희 김진주
마케팅 천용호 조재성 박신영 성은미 조은별
경영지원 정혜진 이송이

펴낸곳 (주)한겨레엔 www.hanibook.co.kr
등록 2006년 1월 4일 제313-2006-00003호
주소 서울시 마포구 창전로 70(신수동) 화수목빌딩 5층
전화 02)6383-1602~3 **팩스** 02)6383-1610
대표메일 book@hanibook.co.kr

ISBN 979-11-6040-119-6 03810